KB264799

인생과
지혜의 멘토

**인생과 지혜의 멘토**

초판1쇄  2012년 1월 31일

엮 은 이 ｜ 이광재
펴 낸 이 ｜ 채주희
펴 낸 곳 ｜ 해피&북스
등    록 ｜ 제10-1562호(1985.10.29)
주    소 ｜ 서울특별시 마포구 신수동 448-6
전    화 ｜ (02) 323-4060
팩    스 ｜ (02) 323-6416

ISBN    978-89-5515-435-1    13810


잘못된 책은 구입하신 서점에서 바꿔드립니다.

# 인생과 지혜의 멘토

이광재 엮음

해피 & 북스

# 사랑은 생명의 꽃이다

"사랑이야말로 사람에게 최고의 선물이다"는 말처럼 사랑에 대한 예찬과 명언은 동서고금을 통해 많이 들을 수 있다.

"사랑하라. 인생에서 좋은 것은 그것뿐이다" (조르주 상드)
"사랑이야말로 인생의 모든 것이다" (도스토예프스키)
"사람이 하늘로부터 마음을 부여받은 것은 사랑을 하라는
 의미에서다." (보봐르)

이처럼 다른 사람의 행복을 바라고 그와 함께 자기의 행복까지 바란다는 면에서 볼 때 사랑보다 좋은 것은 없다. 괴테는 '사랑이여. 너야말로 진정한 생명의 왕관이고 휴식이 없는 행복이다'라고 노래했다.

# Contents

# 1

## 사랑과 친구에 대하여

사랑을 방해할 수 있는 것은 아무것도 없다. 사랑은 제아무리 이를 막아도 모든 것의 속으로 뚫고 들어간다. 사랑은 영원히 그 날개를 퍼덕이고 있는 것이다. 자기에게 편리한 사랑은 진정한 사랑이 아니다. 그것은 도덕적으로 전혀 가치가 없다. 자기를 비방하거나 적의를 갖는 사람, 자기에게 미움을 갖는 사람도 사랑으로 대할 수 있는 사람이 진정한 사랑의 소유자이다.

» 마티아스 클라우디우스

어려운 것은 사랑하는 기술이 아니라 사랑을 받는 기술이다. 연애를 하는 남성이나 여성의 가장 큰 고민은 어떻게 하면 상대에게 사랑을 받느냐 하는 점에 있다고 해도 과언은 아닐 것이다. 제아무리 상대방을 사랑하더라도 상대방의 마음에 들지 않거나 또는 상대방의 마음을 움직였다 하더라도 상대방의 마음이 식을 우려가 있다. 이것을 막으려면 우선 상대방의 마음에 들도록 하는 일, 다시 말해서 상대방으로부터 사랑을 받는 기술이 있어야 한다. 그렇다면 그 기술은 어떤 것이 있는가? 그 첫째 조건으로, '사랑을 받고 싶은 사람을 이해하는 것이다'라고 알퐁스 도테는 말했다.

» 알퐁스 도테

연애는 결혼보다도 사람들의 마음에 든다. 소설이 역사보다도 재미있는 것과 마찬가지 이유에서이다. 결혼은 현실적이지만 연애는 공상적이다. 소설은 허구적이지만 역사는 사실이다. 사람들은 기정의 사실보다도, 비록 허구로 끝날 가능성은 있어도 미래에의 공상에 사는 것을 좋아한다. '애인이란 도대체 무엇인가? 그 여자 곁에 있으면 여자가 지니고 있는 모든 결점을 잊어버리는 것이 남성이다' 이 말로 미루어 그는 상당한 풍자 가였음을 짐작할 수 있다.

» 샹 포르

사랑의 비극은 죽음이나 이별이 아니다. 두 사람 중 어느 한 사람이 이미 상대방을 사랑하지 않게 된 날이 왔을 때이다. 처음 연애를 하는 남녀는 어느 쪽이나 모두 자기들의 사랑이 영원할 것을 기대한다. 아니 거기에서 그치지 않고, 적어도 자기들의 사랑만은 결코 종말이 오지 않을 것이라고 굳게 믿는다. 그러나 흔히 말하는 권태랄까 작은 균열이 생기게 마련이다. 그렇게 되면 아무리 깊은 사랑도 결코 시간을 극복하기란 쉽지 않다. 아무튼 한때는 서로 떨어져 살수 없었던 남녀가 결과적으로 만나지 않아도 괜찮다는 것처럼 큰 비극은 없다.

» 서머셋 모음

여자는 사랑 때문에, 자기가 사랑하는 남자가 그렇다고 여기는 대로 되어 간다. 니체의 '인간적인, 너무나 인간적인'이란 책에 나오는 말이다. 약간 풍자적인 표현이지만 이 말을 자신 있게 부정할 여자가 있을까? '근시의 남녀가 사랑을 하는 것이다. 사랑하는 남녀를 치료하기 위해서는 약간의 도수 높은 안경을 주면 낫는 경우가 있다' 물론 여자는 남자의 친구가 될 수 있다. 그러나 친구 관계를 튼튼하게 지켜 가기 위해서는 약간의 생리적 반감이 이를 돕지 않으면 안 된다.

» 니체

친구처럼 보이는 사람들은 대개 친구가 아니고, 그렇게 보이지 않는 사람이 진짜 친구다. 친구도 여러 부류가 있다. 내 친구로서 그 이름을 말하기를 자신의 명예처럼 느끼는 사람도 있을 것이고, 내 친구로서 남에게 말하기를 꺼리는 사람도 있을 것이다. 그는 내 친구라고 공언하여 나를 자랑으로 삼을 만한 사람이야 말로 참다운 친구라고 할 수 있다. 친구의 의의를 말하자면 신의를 중히 여기고 경애를 다하는 사람으로서 선에 강하고 남을 잘 돌보는 사람이라고 말할 수 있을 것이다. 그리고 또한 같은 친구라도 진실한 친구와 일시적인 친구가 있다는 것을 알아야 한다.

» 데모크리토스

참다운 친구는 모든 재산 중에서 가장 가치가 큰 것인데,
사람들은 아무도 이것을 취하려고 하지 않는다. 진정한 친
구란 그 어떤 재산보다도 귀중한 것인데 세상 사람들은 의
외로 이것을 모르고 있다. 이렇게 말하면 젊은이들은, '아
니, 그럴 리가 없다'라고 말하리라. 젊었을 때, 특히 학창시
절에는 친구의 필요성을 누구나 알고 친구를 가지고 있는
것도 사실이지만, 막상 학교를 떠나게 되면, 직장에서의 출
세나 자기 사업의 성공을 좇는데 급급해서 친구를 까맣게
잊어버리는 경우가 의외로 많다.

» 라 로슈푸코

여성은 연애에 관한 한 남성보다 더 철저하다. 그러나 우정
에 있어서는 그렇지 못하다. 흔히 '남자끼리의 친구는 많지
만 여자끼리의 친구는 적다'고 말하곤 한다. 일반적으로 볼
때 틀린 말이 아니다. 왜 여자들끼리는 깊은 우정이 싹트지
않을까? 라 브류이엘은 이렇게 말을 잇는다. '여성이 서로
사랑하지 않는 원인은 남성에게 있다'고 미혼의 여성들은
종족 보존을 위해 동성과의 우정보다는, 보다 나은 남성을
찾아야 할 필요가 있는 것이다. 이렇게 해서 결혼을 하고
나면 자녀를 갖게 되고 그 자녀에게 관심을 쏟기 때문에 자
연히 친구가 적은 것이다.

» 라 브류이엘

여성을 소중히 지킬 수 없는 남자는 여성의 사랑을 받을 자격이 없다. 괴테는 14세 때 연상의 여성인 그레치렌에게 첫사랑을 고백한 후 80세로 그의 생애를 마칠 때까지 많은 여성과 연애를 하고, 그 연애 덕분에 사랑이나 여성을 찬미한 걸작들을 많이 남겼다. 다음은 그의 걸작으로 꼽히는 '젊은 베르테르의 슬픔'에 나오는 한 구절이다. '만약 이 세상에 사랑이 없었더라면 우리들의 마음은 어떻게 될 것인가. 빛이 없는 환등이 무슨 소용이 있을 것인가. 다만 그 안에 작은 등불을 넣기만 한다면 곧 흰 벽 위에 여러 가지 모습이 비칠 텐데…. 비록 그것이 일시적인 환상에 지나지 않더라도 그 앞에 서서 소년처럼 그 영상을 즐길 수만 있다면 그 자체가 행복이 아니겠는가'

» 괴테

친구로서 쓸모가 없는 사람은 언제 적이 되어 당신을 해칠지 모른다. 친구의 부탁이라고 해서 생각 없이 무작정 이에 응하는 사람은 그 성품이 매우 가벼워서 참다운 친구로서 사귈 사람이 못 된다. 심사숙고 없는 경솔한 약속은 친구를 위해서나 자신을 위해서 이득이 될 리가 없다. 실현 불가능한 일은 처음부터 맡지 말고, 일단 자기가 책임지겠다고 한 것은 만사를 제쳐 놓고라도 일을 완성시켜야 한다. 신용이 따로 없다.

» 게레르트

**익자삼우(益者三友) 손자삼우(損者三友)** 익자(益者), 즉 이익이 되는 친우(親友)에는 직(直:정직함)·양(諒=거짓이나 허위가 없음), 다문(多聞:보고 들은 것이 많음)의 세 가지가 있고, 손자(損者), 즉 손해가 되는 친구에는 편벽(便壁:남에게 아부함), 선유(善柔:겉은 유하나 성의가 없음), 편녕(偏佞:말만 많고 아부하며 마음이 삐뚤어짐)의 세 가지가 있다는 것이다.

» 논어

**오늘 사랑한다고 내일도 사랑하리라고는 아무도 단언할 수 없다.** 이 글 앞에 이렇게 씌어 있다. '우리들 주위에 있는 것은 모두 변화한다. 우리 자신도 변한다' 지금 연애 중이거나 또는 그렇지 않은 젊은이들이라도 이렇게 말할지도 모른다. 루소는 연애에 대해서 왜 회의적인 생각을 가졌을까? 그는 꼭 그렇지도 않았다. 그의 저서 '참회록'에는 이런 말이 나온다. '산다는 것은 곧 사랑하는 일이다'라고, 그 또한 인생을 마칠 동안 여러 여성과 만나고 헤어졌을 것이 아닌가.

» 루소

**참다운 친구이며 진실한 친구라고 부를 수 있는 사람은 누구인가. 그것은 당신이 보이지 않는 곳에서 당신의 친구임을 과시하는 사람이다.** '영웅을 이해하는 것은 영웅이어야

한다'는 말을 한 사람은 괴테이다. 인간은 자기와 같은 시대
의 같은 수준의 인간이라면 대체로 이해할 수 있겠지만, 범
인(凡人)이 영웅을 이해한다는 것은 당연히 어려운 일이다.
이해도 못하는 영웅을 추켜세우고 즐거워하는 대중의 모습
이란 신의 입장에서 볼 때 가엾게 보일 것이다. 범인이 이해
하지 못하는 영웅이란 참다운 고독자일 것이다. 그리고 영
웅이 아닌 예술가나 학자 중에도 남이 이해를 못해 주는 고
독한 사람이 많을 것이다.

» 로가우


강력(强力)은 사랑에 위배된다. 약력(弱力)은 다툼에 연결된
다. 사랑으로 맺어짐으로써 비로소 우리들은 서 있다. 다툼
으로 산산이 흩어지면 쓰러지고 만다. 다툼이 그치지 않는
가정은 반드시 망하고 만다. 파멸이 우려되면 가족은 서로
사랑하면 된다. 그러면 집안은 평화롭고 번영한다. 세계의
평화도 마찬가지다. 한 국가만 번영하려고 하면 전쟁이 일
어난다. 내가 번영하려면 상대방도 번영해야 한다. 사랑하
는 마음이 없으면 서로가 곤란하다.

» 마로리


모든 사람이 상대방을 사랑하면 강(强)은 약(弱)을 억누르
지 않는다. 부(富)는 빈(貧)을 짓밟지 않는다. 귀(貴)는 천

(賤)을 압박하지 않는다. 지(智)는 우(愚)를 속이지 않는다. 이렇듯 천하가 강탈과 원한을 일으키지 않으려면 상대방을 사랑할 일이다. 오늘날, 여러 국가들은 자기 나라만을 옹호하고 다른 나라를 배척하려 한다. 그리고 자기 나라의 이익을 위하는 일이라면 태연히 다른 나라도 공격한다. 이것은 상대방을 사랑하는 마음이 결여되어 있기 때문이다. 우리의 가정도 이것과 마찬가지로 사랑하는 마음이 없으면 안 된다.

» 묵자


남자의 사랑은 인생의 일부이고, 여자의 사랑은 인생의 전부이다. 남자는 일을 가지고 있으므로, 연애를 해도 일에 대해 잊는 일이 없다. 그러나 직업이 없는 여자는 연애를 하면 연애 그 자체가 인생의 전부가 된다. 이것도 현대에 와선 사정이 달라졌다. 여자도 이제는 직업을 갖게 되어 한 사람으로서 대접받게 되었기 때문이다. 한 인간으로서 사는 이상 여자들에게 연애가 자기 인생의 전부가 되어서야 되겠는가? 그리고 남자에게나 여자에게나 연애는 맹목적인 것이어서는 안 된다. 수 십 억의 인구 중에서 두 사람이 만난다는 것은 우연이 아니고 필연이기 때문이다. 그런데 어찌 지성과 사랑으로 삶의 행복을 설계하지 않을 수 있는가?

» 바이런

이 세상에는 먹이를 사랑하는 것만큼 진지한 사랑은 없다. 그녀가 자네를 사랑하는 것도 바로 그것이다. 버나드 쇼는 신랄한 풍자로 유명한 작가이다. 그에게 노벨상이 주어졌을 때도 이렇게 말했다고 한다. '왜 나한테 이런 상을 줄까? 금년에는 아무것도 쓰지 않았기 때문인가?' 쇼는 이 말을 했을 만큼 풍자적인 사람이다. 연애에 대해서도 상당히 풍자적인 사고방식을 가지고 있었음을 짐작할 수 있다. 이 말도 버나드 쇼다운 신랄한 풍자일 수 있다.

» 버나드 쇼

참다운 친구를 가질 수 없는 것은 비참하리만큼 고독한 것이다. 친구가 없으면 세상은 황야에 지나지 않는다. 즐거울 때나 괴로울 때나 서로의 진실을 이야기할 수 있는 친구가 있어야 한다. 사업의 실패, 가정의 불행, 병 또는 실연으로 마음을 아파할 때 진심으로 격려를 보내는 우정만큼 이 세상에서 고맙고 눈물겨운 것은 없다. 참다운 친구가 없다는 것만큼 외로운 일은 다시없을 것이다.

» 베이컨

참다운 행복을 만드는 것은 다수의 친구가 아니라 선택된 훌륭한 친구들이다. 젊음이 넘치는 친구 큰 뜻을 품고 있는 친구 이런 믿음직한 친구가 이 세상에 있다면 얼마나 신나는 일일까? 젊음과 기쁨과 그 존귀함의 뜻을 나이가 든 후에 비로소 깨닫게 된다고 하지만 자칫 많은 사람들은 그 귀중함을 소홀히 하기 쉽다. 두 번 다시 오지 않는 젊음을 뜻 깊게 보낸 사람을 늙어서도 풍부한 정서와 추억 속에서 행복한 생애를 보낼 수 있는 것이다.

» 벤 존슨

**군자는 교제를 끊어도 욕을 하지 않는다.** 황제(黃帝)에서 전한(前漢)의 무제(武帝)까지의 일을 적은 기전체(記傳體)의 사서인 '사기(史記)'의 악의전(樂毅傳)에 있는 말이다. '군자는 남과 절교를 해도 결코 그 사람의 욕은 하지 않는다'라는 뜻이다. 절교한 사람을 욕하거나 또는 퇴직한 직장, 직장의 상사 등의 욕을 하는 것은 듣는 사람도 거북할 뿐 아니라 '이 사람은 언젠가는 내 욕을 할지도 모른다' 하는 생각을 갖게 한다.

» 사기

**참다운 우정은 애정과 마찬가지로 매우 어렵다. 만약에 평생 변치 않는 우정이 있다고 한다면 그것은 요행이라고 밖에 말할 수 없다.** 변치 않는 우정을 나눌 친구가 항상 가까이 있다면 얼마나 든든하겠는가? 참다운 우정이란 하루아침에 이루어질 수 있는 것이 아니다. 오랜 시간과 노력이 따르지 않는다면 도저히 불가능한 일이다.

» 샤르돈

자애(慈愛)와 친절로 당신은 당신의 적이 가지고 있는 적의를 없애게 할 수 있다. 장작이 적어질수록 불은 꺼지는 법이다. 따라서 자애와 친절은 폭력을 멸망시킬 수 있다. 어떤 집에 도둑이 들었다. 워낙 가난한 집이라 도둑이 가져갈 만한 것이 없었다. 주인은 난로를 피우고는 도둑을 옆에 앉게 하고서 이렇게 말했다. 이 추위에 그런 옷을 입고는 견디기 힘들 것 같습니다. 내 집에 있는 것이라곤 이 난로밖에 없으니 필요하시면 가져가십시오. 그로부터 2년 후 한 순례자가 찾아왔다. '나는 2년 전 당신 집에 들었던 도둑입니다'라고 부처님의 제자가 된 기쁨을 서로 나누었다. 우리 속담에도 '선한 끝은 있어도 악한 끝은 없다'라는 말이 있다.

» 석가

친구가 많은 사람은 마침내 그의 몸을 망치고 만다. 그러나 형제보다도 믿음직한 지기(知己)가 한두 사람은 있다. 좋은 친구를 갖는다는 것은 매우 중요한 일이다. 그렇다고 해서 너도 나도 친구로 사귈 수는 없다. 단 한 사람이라도 진실한 친구를 사귀어야 한다. 친구를 사귀는 것도 억지로는 되지 않는다. 참다운 친구란 서로의 얼굴빛만 봐도 그 사람의 처지를 알 수 있다.

» 솔로몬

세상에 높은 자리를 차지하고 있어도 동포가 고난에 빠진 것을 보면 곧 마음을 닫아 버리는 사람이 많다. 어찌 하느님의 마음이 그들에게 머물겠는가. 지위가 높거나 돈이 많은 사람이 곤경에 처한 사람을 쉽게 구할 수 있는데도 불구하고 그렇지 않는 사람이 많다. 동포를 사랑하고 국가를 위한다는 것은 입으로 하는 것이 아니다. 제아무리 좋은 법이 있고, 훌륭한 규범이 있어도 이를 지키지 않고 실천하지 않으면 그것은 없는 것보다 못한 것이다.

» 성서

욕정은 그 목적을 달성하고 나면 그 자리에서 도망쳐 나오는 것이 가장 큰 쾌락이다. 그의 저서 '돈키호테'에 있는 말이다. '돈키호테'는 세계의 풍자소설 가운데 최고의 걸작이라고 손꼽는 이가 많다. 남녀문제에 대해서도 매우 신랄한 풍자적인 말이 많이 나온다. 그 중에 이런 말도 있다. '접근하는 남자는 거절하고, 미워하는 남자를 사랑하는 것이 여자의 일반적인 태도이다'

» 세르반테스

사랑이 있기 때문에 세상은 항상 신선하다. 연애는 인생의 영원한 음악으로 청년에게는 빛을 주고 노인에게는 후광을 준다. 연애란 눈에 보이고 귀에 들리는 모두의 것에서 상대방의 장점을 발견하는 정신작용이다. 그러므로 존귀한 것이다. '남자나 여자 모두가 사랑을 알 때까지는 완전한 사람이라고 할 수 없다. 인격을 완성에 따르는 연애가 곧 사랑이다.

» 스마일즈

연애는 열병과 같은 것이어서 의지와는 아무런 상관없이 생겨났다가 사라진다. 결국 연애는 연령과는 상관없다. 연애를 한다는 것은 사랑스런 감정을 가지고 가까이서 이를 느끼고 깨닫는 일이다. 따라서 연애의 감정을 일으키는 것은 약간의 차이만 있을 뿐 나이와는 관계가 없다.

» 스탕달

우리의 삶에 있어서 정말로 사람을 놀라게 하고 평소의 생각 자체를 송두리째 바꾸어 놓는 큰 사건이 있다. 그것은 바로 연애이다. 그는 사랑에 사로잡힌 친구나 지인의 술에 취해 떠드는데에는 익숙해 있을지 모른다. 또 때로는 알 수 없는 기대를 가지고 있을지도 모른다. 그러나 그것은 철학자의 직관에 의해서나 다른 사람의 행위에 의해서나 그 진상을 파악할 수 없는 문제이다. 사랑이란 스스로 체험해 보지 않으면 그 맛을 아무도 모른다.

» 스티븐스



나는 용기를 잃지 않는다. 내가 겪어온 역경은 나에게 힘을 북돋아 준다. 인간에의 신뢰는 나에게 희망을 준다. 나는 이를 믿으려 한다. 의학을 공부하고 1913년 아프리카로 건너가 흑인 구제 사업을 하다 죽음을 맞은 슈바이처는 그의 회고록에서 이렇게 말하고 있다. '내가 육체적 고통으로부터 구원을 받았기 때문에 내 주위에서 고통을 겪고 있는 사람들을 보고 도저히 나 혼자 행복한 생활을 보낼 수 없었다' 라고….

» 슈바이처

친구는 제2의 자아이다. 친구를 보면 그를 알 수 있다는 말이 있다. 사람은 누구나 자기와 같은 유형의 사람들과 사귀게 마련이다. 우리의 삶에 우정이 없었다면 얼마나 적적하겠는가? 진정한 우정을 나눌 수 있는 친구나 조력자를 가진 자가 행복한 사람이다.

» 아리스토텔레스

비록 당신의 친구가 당신을 배반하는 일을 저질렀다고 해서 그 친구의 험담을 남에게 하지 말라. 그동안의 우정이 허사가 되니까…. 친구에게 배반당하는 것처럼 불쾌한 일은 없다. 특히 믿었던 친구라면 더욱 그렇다. 이럴 때, 흔히 흥분한 나머지 앞뒤 가릴 것 없이, 험담을 늘어놓게 된다. 그 친구와의 우정은 영원히 끝장나고 만다. 그러나 현명한 사람은 그렇지 않다. 상대방의 입장에서서 한 번쯤 생각해 보게 된다. 친구의 배반보다는 내 쪽에 혹 잘못이 없었던가 하고 말이다.

» 싱

만약에 인간이 무지하고, 게으르고 겁쟁이였다면 무엇을 시도해 볼 수 있었겠는가. 상대방을 어리석은 사람이라고 비난하면서 어찌 그를 교육시킬 수 있을 것인가. 알랑은 만년에 이르기까지 교단에 몸을 바쳤다. 남을 사랑하는 애정이 없었더라면 어떻게 어리석은 사람들을 교육시킬 수 있었겠는가?

» 알랑

경의로써 친구를 만나는 것은 좋다. 그러나 자기의 이익을 위해서 친구를 사귄다는 것은 좋지 않다. 친구란 서로 마음이 통하기 마련이다. 더구나 참다운 친구라면 어떤 일이라도 마음을 털어놓고 서로 대화할 수 있는 사이이므로 서로가 얻어지는 게 많다. 그렇다고 해서 소홀히 대하거나 또는 지나치게 욕심을 부려서는 안 된다.

» 앙드레 모로아

육체의 교섭이 사람을 결코 이롭게 하지는 않는다. 해를 주지 않았으면 그것으로 만족할 일이다. 흔히 적당한 육체적 교섭은 육체적으로나 정신적으로도 이롭다고 하고 있다. 그러나 그것은 어디까지나 차이란 것이다. 자칫 욕망이 왕성한 청년기에는 지나치기 쉽다. 우리 인간들의 삶은 자기 스스로와의 싸움에서 이기는데 있다.

» 에피쿠로스

역경에 처하면 사람들은 그의 친구를 헤아린다. 순조로운 처지에 있을 때는 사람들이 스스로 모여든다. 그러나 일단 역경에 처하면 그들은 마치 철새처럼 떠나버리고 냉담하기까지 한다. '곤경에 처했을 때 변하지 않는 친구야말로 진정한 친구이다'

» 에이브 퀴리

모든 것이 순조로울 때는 친구를 만나기가 쉽고, 곤경에 처해서는 몹시 어렵다. 모든 것들이 순조로울 때는 친구를 대하기가 떳떳하다. 이와는 달리 곤경에 처하게 되면 친구를 만나기가 쉽지 않다, 늘 만나던 친구들마저 발길이 뜸해진다. 이런 친구들은 진정한 친구일 수 없다. 일시적인 친구일 뿐이다. 진실한 친구란 어디까지나 한결같은 사람을 일컫는다.

» 에픽테토스

관포지교(管鮑之交) 춘추시대 제나라의 현상(賢相) 관중(貫仲)과 현신(賢臣) 포숙아(鮑叔牙)는 어릴 적부터 몹시 친했다. 훗날 포숙아는 제나라 양공의 아들인 소백(小白)을 도와 대부(大夫)가 되었는데, 소백이 아버지의 뒤를 이어 제나라 왕이 되자 포숙아는 그의 친구인 관중을 재상(宰相)으로 추천했다. 이에 관중은 이렇게 말했다. '나를 낳은 분은 부모요, 나를 아는 사람은 포숙아다'라고 이 같은 두 사람의 좋은 교제를 가리켜서 후세 사람들이 관포지교라 일컫게 되었다.

» 열자

사랑과 육욕(肉慾)은 동일하지 않다. 한 쪽은 내적이고 깊으며 다른 한 쪽은 피상적이며 얕다. 사랑은 영속적이나 육욕은 일시적이다. 그의 '고독의 열매'라는 수상집에 나오는 말이다. 사랑과 육욕에 대해서는 우리들도 진지하게 관심을 갖지 않으면 안 된다. 즐거움을 같이 함으로써 사랑은 짙어지고 육욕은 차차 엷어진다. 이것이 사랑과 육욕의 차이이

다. 사랑은 영혼끼리의 결합인 반면 욕욕은 감각의 결합이
기 때문이다.

» 윌리엄 펜


군자의 교제는 담담한 물과 같고, 소인의 교제는 단술과 같
다. 단술은 없어도 우리가 살 수가 있으나, 물이 없으면 한
순간도 살 수가 없다. 우리의 단술과 같은 소인의 경우가
아니라 물과 같은 군자의 교제여야 한다. 군자의 교제는 어
느 한쪽으로 치우침이 없기 때문이다.

» 장자


여성은 자기 자신을 위해서 뿐만 아니라 여성 전체를 위해
수치심을 갖지 않으면 안 된다. 만약 어떤 여성이 수치심을
버리고 어디서건 아무렇게나 옷을 벗거나 한다면, 그것은
모든 여성의 자존심을 버리는 것과 같다. 이를 두고 시대에
뒤떨어진 생각이라 하여 반론을 제기할 사람이 있을는지도
모른다. 하지만 꼭 그럴 일만도 아니다. 현세에 있어 남녀
모두 자존심은 스스로 지켜야 할 일이기 때문이다.

» 쥬베르


만약에 '장님'이었다면 죄가 없을 걸. 그런데 나는 눈이 보
이는 거예요. 지드의 '전원 교향곡'에 나오는 말이다. 아내

가 있는 한 남자를 사랑했던 장님 소녀는 시력을 얻고 난 후에 이 말을 남기고 자살한다. '당신의 덕으로 시력이 주어졌을 때, 눈앞에 열린 세계는 제가 상상하고 있었던 것보다 훨씬 아름다웠어요. 정말로 햇볕이 이렇게 밝고, 바람이 이렇게 깨끗하고, 하늘이 이처럼 넓은 줄은 꿈에도 몰랐어요. 당신 댁에 가서 부인의 야윈 얼굴을 보았을 때, 어딘지 모르게 슬픈 생각이 들었고 우선 제가 느낀 것은 우리 둘이 저지른 불장난이었어요. 사랑도 조심해서 해야 하나 봐요'

» 앙드레 지드

 우리들 스스로가 연애라고 믿고 있으면서도 실은 이기적이 되어 버리는 경우가 없지 않다. 상대방의 인격이나 감정을 생각지 않고 모든 것을 자기에게만 묶어 두려고 하는 경우가 바로 그것이다. 따라서 우리는 이와 같은 사랑의 이기주의를 경계해야 한다.

» 체홉

사랑은 모든 것을 믿되 속임을 당하지 않는다. 사랑은 모든 것을 바라되 결코 멸망하지 않는다. 사랑은 자기의 이익을 구하지 않는다. 진정으로 자기를 사랑할 줄 아는 사람은 끊임없이 자신을 채찍질한다. 하지만 자신을 사랑하지 않는 사람은 남을 채찍질하려한다. 이는 결코 자애(自愛)가 아니다. 자학(自虐)일뿐이다.

» 키에르케고르

우정의 규율로서 지켜야 할 일은 다음과 같다. 파렴치한 일을 요구하지 않고, 요구받았을 때도 이를 행하지 않는다. 우정이란 모든 사람의 일상에 파고들어 그것 없이는 이 세상을 살아가기 힘들다. 우정에도 지켜야 할 규율이 있어지기 마련이다. 친구란 마음을 주고받는 사이지만 각기 독립된 인격체이다. 그러므로 우리는 서로의 자유의사나 인격도 존중해야 하는 것이다.

» 키케로

한쪽에서 너무 무거운 압력을 작용하면 우정은 깨진다. 인간은 감정의 동물인 이상 상대방의 태도 여하에 따라 좋아하거나 싫어하거나 한다. 따라서 마음이 맞는다고 해서 참다운 친구가 되는 것은 아니다. 상대방에게 아무런 장점이 없거나 존중할 만한 인격체가 아니라면 서로 교제를 유지할 수 없게 된다. 참다운 친구란 일방적이지 않고, 충분한 이해와 관용을 베풀 줄 알아야 한다.

» 크니드

이제까지 한 번도 적을 만든 일이 없는 사람은 결코 친구를 갖지 못한다. 모든 사람에게 호감을 받는다는 것은 보통 어려운 일이 아니다. 만약에 그런 사람이 있다면 그 사람은 로봇과 같은 인간일 것이다. 하지만 자기 친구에 대해서 약간 불쾌한 일이 있어도 이를 얼굴에 나타내지 않으려는 사람이 있다. 또한 사이가 좋은 친구도 서로 심하게 다투는 경우도 있다. 이는 그만큼 서로가 진지하기 때문일 수도 있다. 사람 좋은 친구가 꼭 참다운 친구라고는 할 수는 없다.

» 테니슨

비운(悲運)에 빠졌을 때 변함없이 마음속으로부터 믿을 수 있는 친구는 거의 없을 것이다. 당신과 한마음으로 행복과 불행을 한결같이 나누고자 하는 참다운 친구는 적다. 그는 정쟁으로 재산이 몰수되고 국외로 추방되었던 사람인만큼 친구나 우정에 대해서 회의적이지 않을 수가 없었으리라. 친구라면 신중하게 교제하라. 혀는 혀, 마음은 마음이라고 하는 사람이야말로 무서운 사람이다. 그런 사람은 친구로 삼을 것이 아니라 적으로 삼으라.

» 테오그니스

실례(實例)만큼 감염되기 쉬운 일은 없다. 실례는 우리가 그것을 보지 않았으면 결코 하지 않았을 행위를 우리들에게

강요한다. 따라서 관능적이고 퇴폐적인 사람들과 사귀는 일은 영혼을 멸망시키는 결과가 된다. 도박을 좋아하는 사람과 사귀면 도박을 하게 되고, 학문을 좋아하는 사람과 사귀면 학문을 좋아하게 된다. 특히 젊었을 때는 곧잘 주위에 휩쓸리기 쉽다. 실례만큼 우리의 마음을 움직이는 일은 없다. 처세에 있어서도 마찬가지다. 중요한 일은 친구를 잘 사귀어야 한다.

» 톨스토이

지혜가 깊은 사람은 자기에게 그 어떤 이익이 있기 때문에 사랑하는 것이 아니다. 사랑하는 것 자체에 행복을 느끼기 때문에 사랑하는 것이다. 사랑은 이해나 타산을 초월한 것이다. 그 어떤 이익을 계산한 사랑은 순수한 사랑이라고 할 수 없다. 따라서 우리는 사랑하는 것에 행복을 발견하고 느껴야 한다. 사랑이 도덕적이어야 한다는 경우도 다른 뜻이 아니다.

» 파스칼

얼마나 사랑하고 있는가를 말할 수 있는 사람은 극히 조금밖에 사랑하고 있지 않은 증거이다. 마치 불타는 듯한 열렬한 사랑을 하고 있을 때, 냉정하게 얼마만큼 사모하고 있는가를 자세하게 말할 수 있을까. 사랑하는 사람을 만나기만

해도 가슴이 울렁거리고 생각하고 있던 일도 제대로 말 못하는 것이 당연하다. 그런데도 달콤한 속삭임이거나 아름다운 표현을 하는 사람은 사랑을 하고 있는 것이 아니라 이응 상대방을 유혹하고 있는 것이다.

» 페트라르카

자기만을 구원하려는 자는 망하고, 남을 구하기 위해 끊임없이 노력하는 사람은 불멸한다. 우리들 주위에서 흔히 볼 수 있는 일이지만 그 많던 재산을 아들 대에 와서 탕진하거나 사리사욕 또는 돈에만 눈이 어두워 쓰러지는 경우이다. 이외에도 남을 구하기 위해 끊임없이 노력을 계속해야 한다. 핸더슨의 말은 정치적으로도 이해할 수 있겠지만, 꼭 그런 것도 아니다. 평소 이웃에 대한 사랑만으로도 그 사람은 결코 망하지 않는다. 자기 자신만을 생각하는 그 욕심 때문에 망하게 된다.

» 핸더슨

사랑은 무엇보다도 사람을 현명하게 만든다. 사랑만이 사물의 본질을 꿰뚫어 보는 힘을 준다. 또한 사랑만이 인간에게 올바른 길과 방법을 발견할 수 있게 한다. 따라서 우리는 어떤 문제를 해결하려고 할 때, 어떻게 보다 더 현명한 대책을 찾을 수 있을까를 생각하는 대신에 어떻게 더 사랑이 깃

든 방법이 있는가를 생각하는 편이 낫다. 사랑이 없이는 참
다운 행복은 있을 수 없다. 사랑이 있으면 언제까지나 연속
적인 불행이 계속될 수 없다.

» 칼 힐티

우리가 사랑하지 않는 까닭은 우리가 이해하지 않기 때문이
다. 아니 오히려 우리가 이해하지 않는 것은 사랑하지 않기
때문이다. 우리가 마음 가운데 사랑을 지닐 때에 그 표정만
으로도 가치를 지니는 것이다. 왜냐하면 그것은 어떤 용도
를 위함이 아니라 순수 그 자체로 받아들이기 때문이다. 그
런 까닭에 결코 우리를 지치게 하지 않는다.

» 타고르

동물처럼 좋은 친구는 없다. 그들은 질문도 하지 않고 또
비판도 하지 않는다. 이는 조심성 없는 성격의 소유자를 비
판하고 본질적인 친구의 의미를 생각하게 한다. 제아무리
가까운 친구라고 해도 본인이 말하고 싶지 않은 것을 캐묻
거나 그를 무시하고 비판하는 것은 옳지 않다는 것을 비유
하고 있다.

» 엘리어트

명성은 화려한 금관을 쓰고 있지만 향기 없는 해바라기이
다. 그러나 우정은 꽃잎 하나하나마다 향기를 풍기고 있는
장미꽃이다. 명성이 탄탄대로를 걷는 것과 같다면 우정은
오솔길을 걷는 것과 같다는 말도 있다. 그렇기는 하나 많은
사람들은 훤히 뚫린 대로를 택해 걷기를 원하곤 한다. 새삼
우정의 의미를 새겨 봄직한 말이다. 단 한순간이나마 인생
이란 얼마나 짧은 것인가를 생각해 보는 것이 좋을 것이다.

» 홈스

# 2

예술과 학문에 대하여

**인생은 짧고, 예술은 길다.** 우리 인간의 생애는 몹시 긴 듯하지만 사실은 몹시 짧다. 그러나 뛰어난 예술작품은 그렇지 않다. 고대 그리스나 이집트의 예술작품들이 지금까지도 우리들에게 강렬한 감동을 주게 되는 것은 그것이 생명을 지니고 있다는 증거가 아닌가 한다.

» 세네카

**예술가는 세론(世論)을 경시(輕視)하지 않으면 안 된다.** 남달리 사회적 명성에 대해서, 또는 타인의 의견에 크게 신경을 쓰는 타입이 있다. 그런 사람은 이렇게 말하면 이렇게 하고 저렇게 말하면 저렇게 하는 속된 말로 줏대가 없다. 줏대가 없다는 것을 모르는 그런 사람은 자기의 독자적인 세계 구축은 고사하고 우왕좌왕 하게 되는 것이다. 예술가란 모름지기 자신의 신념에 사는, 고집스러움이 있어야 된다. 세잔느 그도 역시 젊은 날에, 입학시험, 전시회 등에서 여러 번 쓴잔을 마셨지만 자신의 신념을 굽히지 않았던 강한 의지의 소유자였다고 한다.

» 세잔느

**기하학(幾何學)에 왕도(王道) 없다.** 이집트를 통치하고 있던 프톨레마이오스 2세가, '기하학을 배우는데 가장 손쉽고 빠른 방법이 무엇인가?'라고 물었을 때 아르키메데스는 이렇게 대꾸했다. '학문에는 왕을 위하여 손쉽고 빠른 방법이란 따로 없습니다' 여기서 위의 명언이 생겨났다. 어찌 기하학 뿐이겠는가? 모든 학문 모든 세상사가 다 그런 것 아니고 무엇이겠는가. 끊임없이 연구하고 노력해야 한다.

» 아르키메데스

오늘의 세계는 이제 겨우 지식(知識)의 세계 속에 첫발을 내디뎠을 뿐이다. 우리에게 타임머신 우주전쟁 등의 공상과학 소설로 널리 알려진 웰즈는 또 다른 저서 '세계문화사대계'에서 이런 명언을 남겼다. 이 말은 곧 우리에게 지식의 세계가 무한하다는 것을 깨우쳐 주고 있다. 세계는 우주의 한 점(點)에 불과한 지구와 그 주변에 대해서도 잘 모르는 것이 많으니 그 밖의 광대무변한 우주에 대해서는 말해 뭣하겠는가.

» 웰즈

만 가지 이치 하나의 근원은 단번에 깨우쳐지는 것이 아니니 참마음, 진실 된 본체를 깨닫기 위해서는 애써 연구해야만 한다. 모든 일에는 순서라는 것이 있다. 집을 지을 때 우선 주춧돌을 놓고 그 다음 벽돌을 한 장 한 장 쌓아 올려야 되듯, 학문도 더구나 진리 탐구에 있어서는 성급함이란 있을 수 없다. 쉬운 것부터 차곡차곡 연구해 나가면 그 결과 목적을 달성할 수 있는 것이다.

» 이황

아침에 도를 닦으면 저녁에 죽어도 좋다는 마음 자세가 선 뒤에라야 가히 학(學)을 말할 수 있다. 진리를 위해서는 죽음도 두려워하지 않았던 조선시대의 선비들의 높은 기개를 다시 생각해 보게 한다. 지금은 물질만능의 사상이 팽배해 학자들 사이에서도 기개니 신념이니 하는 것을 찾아보기 어렵다는 현실이 아쉽다.

» 임성주

남의 학설을 변론함에 있어 먼저 그 입장을 이해하여야 한다. 그 근본 자체를 파악하지 못하고 어구에 얽매이거나 문자에 구애되어서는 안 된다. 그 이론 자체가 드러나지 않고, 가리워 보이지 않는 것이 있기 때문이다. 조선 왕조 후기의 이른바 '양명학(陽明學)의 태두(泰斗)'라고 불리운 그가 그 시대 유학자들의 학문 및 변론의 태도에 대해 한 말이다. 지금도 많은 논쟁이 한마디 말의 꼬리를 붙잡고 늘어지는 폐단이 이어지고 있는 실정이 아닌가 한다.

» 정제두

의문이 많으면 나아가고 의문이 적으면 적게 나아간다. 그리고 아무 의문도 없으면 전혀 나아가지 못한다. 학문을 하는 사람이 의문이 많으면 많을수록 그만큼 많은 것을 알고, 의문이 적은 사람은 그만큼 아는 것이 적다란 것이다. 그리

고 아무런 의문이 없는 사람은 그대로 멈춰 선 것과 같다는
뜻이다. 이것은 꼭 학문에 한해서만이 아닐 것이다.

» 주희


인간은 이런 스승을 원한다. 제자에게 처음에는 판단을 가
르치고 그 다음에는 지혜를 가르치고 마지막으로 학문을 가
르치는 스승을…. 최근 우리의 학교 교육은 인간에게 가장
중요한 판단력이나 지혜는 갖출 겨를도 없이 입시 위주로 되
어 있다. 이에 따른 사회문제도 예사롭지 않다. 일찍이 칸트
가 한 이 말은 오늘날 우리의 학교 교육을 반성케 해준다.

» 칸트


학문이 있는 사람이란, 책을 읽어서 많은 것을 아는 사람이
다. 교양이 있는 사람이란, 그 시대에 맞는 지식이나 양식
(樣式)을 몸소 행하는 사람이다. 그리고 유덕(有德)한 사람
이란 자기 인생의 의의(意義)를 알고 있는 사람이다. 학문이
나 교양을 갖췄다거나 뛰어난 변론이나 정치적 수완도 인간
의 덕성과는 관계가 없다. 유덕한 사람이란 학문이나 교양
을 바탕으로 인생을 충분히 이해하고 신뢰와 사랑으로 이웃
과 사회에 이바지하므로 해서 우리의 사회에서 필요로 하는
그런 사람을 일컫는다.

» 톨스토이

**과학자는 비판 정신을 존중하지 않으면 안 된다.** 이 말은 파스퇴르가 1888년 그의 연구소 낙성식에서 행한 연설의 일부분이다. 그의 연설을 조금 더 인용해 본다. …… 때에 따라서 몇 년이 걸리더라도 반대되는 모든 가설(假說)을 검토하고, 결정적으로 자기의 발견이 옳다고 증명해 보일 수 있을 때 비로소 발표를 해야 한다. 이를 위해서는 비판정신을 존중해야 한다. 물론 비판만으로는 새로운 사상을 일깨워 줄 수는 없다. 하지만 비판이 없으면 모든 것이 튼튼한 기초를 갖추지 못하기 때문이다. 최후의 결정은 이 비판정신에 좌우된다.

» 파스퇴르

**인간은 새로운 발견에서 악보다도 선을 끌어낸다.** 퀴리는 1903년 노벨 물리학상 기념 강연 중 한 구절이다. 조금 더 소개할 필요가 있을 것 같다. '인간이 자연의 비밀을 알아내는 것은 과연 유익한 일인가. …… 오히려 그런 지식은 인간에게 해로운 것이 아닐까 하고, 노벨의 화약 발명이 그 좋은 예이다. 강력한 폭약이 전쟁에 차광이나 침략자 또는 범법자의 손에 들어가면 살상이니 무서운 파괴의 수단이 된다. 그러나 나는 노벨처럼 생각한다. 인간은 새로운 발견에서 악보다도 선을 끌어낸다고'

» 피에르 퀴리

인생은 살 만한 가치가 있다는 것이 곧 모든 예술의 궁극의 내용이 그것은 또한 예술가에게 더없는 위안이 된다. 그의 자전적 소설 '수레바퀴 밑에서' 나 '게르트루트' 등에는 그 자신이 청년기에 자살의 위기를 겪은 이야기가 나온다. 그가 그러한 위기를 통해서 '인생은 살 만한 가치가 있다'라는 해답을 얻고, 위안을 느낀 듯하다.

» 헤세

인간의 사랑이 있는 곳에는 학문에도 사랑이 있다. 우리는 왜 학문을 하는가? 그것은 인간을 사랑하고, 인류의 발전과 행복에 이바지하고 싶어 하기 때문이다. 이런 점에서 보면 인간의 사랑은 학문의 기틀이나 다름없다.

» 히포크라테스

미(美)란 상상계에서만 적용되는 것이며 그 본질적 구조 속에 이 세계의 감추고 있는 가치다. 그의 미(美)에 대한 짧은 구절 속에서도 실존과 본질의 문제를 놓치지 않고 있다. 대중들의 미와 예술에 대한 견해가 단지 아름다움을 찬양한 내용이라면, 그의 실존철학은 주체성(主體性)이라는 명제(命堤)를 제시하기도 했다. 철학자인 그가 언급하는 미란 철학적 분석으로서 읽는 사람들로 하여금 다른 느낌을 갖게 한다.

» 사르트르

나의 예술은 가난한 사람들의 행복을 위해서 바쳐지지 않으면 안 된다. 베토벤은 힘겨운 삶을 살다 간사람 중의 하나다. 어린 시절엔 경제적으로, 음악적 명성을 얻고 난 뒤에는 음악가에게 가장 중요한 청력을 잃음으로써 많은 시련을 겪었던 것이다. 그런 그가 자신의 예술을 가난한 사람들의 행복을 위해서 바친다는 말을 남긴 것은 결코 감상적으로만 들리지 않는다.

» 베토벤

예술가는 그 작품에 종속한다. 작품이 작가에게 종속하는 것이 아니다. '작가는 작품으로 말한다'라고도 하고 있다. 이 또한 작가가 자신의 작품에 대해 자기의 사상이나 표현 기법 등을 직접 설명하기보다, 이미 작품이 세상에 나온 이상 그것을 세평에 맡겨야 한다는 것과 다름이 없는 말이다.

» 노발리스

교육을 다음과 같이 정의한다. 사람의 지혜는 결코 빗나간 것이 아니다. 교육이란 학교에서 배운 것을 다 잊은 후에 남아 있는 것이다. 여기서 그가 강조한 교육이란 '학교에서 배운 것을 다 잊은 후에 남아 있는 것' 이라는 말은 쉬운 표현이 아닌 것 같다. 아마도 교육현장을 떠난 진로 및 사회상을 지적하는 것이 아닌가 싶다.

» 아인슈타인

시와 예술은 그 가운데 인간의 모든 존재와의 결합에 대한 인간의 깊은 신앙을 지니고 있다. 그 궁극의 진리는 인격의 진리다. 그가 말하는 인격의 진리란 직접 이해되는 하나의 신앙으로서, 분석하고 이론을 전개할 형이상학의 체계는 아니다. 우리는 개인의 경험에 의해서 진리를 알고, 또 그것을 통해서 끝내 인격을 쌓아가기 마련이다.

» 타고르

아무리 적은 것도 이를 만들지 않으면 얻을 수 없고, 아무리 총명하더라도 배우지 않으면 깨닫지 못한다. 노력과 배움, 이것 없이는 인생을 밝힐 수 없다. 논어 자장(子張) 편에 '배움이 넓지 아니하면 능히 검약을 지키지 못하고, 뜻이 두텁지 아니하면 능히 힘써 행하지 못한다'고 했다. 이와 비슷한 뜻으로 많은 것을 알고 있더라도 행(行)하지 않으면 바르게 안다고 할 수 없다. 노력하고 행함으로 깨달은 자라야 만이 진정 인생을 밝힐 수 있다고 하리라.

» 맹자

현자(賢者)는 어리석은 사람이 현자로부터 배우는 것보다도 어리석은 사람으로부터 더 많이 배운다. 어리석은 사람이 현자로부터 얻어서 장점들을 취하기는 극히 어렵다. 그에 비해 현명한 사람이 어리석은 사람의 장점을 찾아내어 자신의 삶에 보탬이 되게 하기는 그만큼 쉬울 것이다.

» 카토

**무지를 자각하는 것은 지식 향상의 커다란 단계다.** 스스로 모르고 있다는 사실을 스스로 깨닫기란 쉬운 일이 아니다. 모른다는 사실을 깨닫는다는 것은, 지식에 있어서 한 단계 더 나아가지 않고는 불가능한 까닭이다. 아는 것을 안다고 하고, 알지 못하는 것을 알지 못한다고 하는 것, 이것이 참으로 아는 것이다.

» 디즈레일리

**어떠한 사람의 지식도 그 사람의 경험을 넘어서는 것이 아니다.** 경험론의 대표적 철학자인 로크가 했다는 이 말은 너무나 당연한 것이다. 그러나 만약 합리론 자들이라면, 분명 '지식은 경험에 선행한다'는 말이 나왔을지도 모른다. 하지만 여기서 지식이 먼저냐 경험이 먼저냐 하는 문제는 우리에게 그다지 중요하지 않다. 깨달음에 대한 수양은 서서히 행해진다는 것이 가장 현실적일 것이다.

» 로크

**예술가들 거의 모두가 자신들의 작품에 나타나 있는 고귀하고 훌륭하고 이상적인 것을 자기 자신들의 생활에서 전혀**

실현시키지 않고 있는 것은 얼마나 기묘한, 그리고 실은 두려운 일인가? 이에 대해 그는 다른 책에서 '가장 아름다운 것은 언제나 사람이 그것을 보면 기쁨 이외에도 비애감이나 불안감을 품게 되는 것이다'라고 말하고 있다. 자칫 변명처럼 들릴지도 모를 일이지만 예술가들이 자신의 작품 속에서 도덕과 진실과 아름다움을 추구하고 또 주장하고 있음에도 불구하고 자신들의 생활에서 실천하지 않는 것은 바로 그 속에 진리와 행복과 올바름만이 들어 있는 것이 아닌 까닭이 아닌가 한다.

» 헤세

옛 것을 익혀서 새 것을 안다. 논어의 학이편(學而篇)에 나오는 '온고지신(溫故知新)'이 원문이다. 이는 옛 것을 연구하여 거기서 새로운 지식이나 도리를 발견하는 일을 뜻한다. 이 외에 '옛 것을 간직하여 새 것을 안다'라거나 또는 '옛 것을 배워 새로운 것을 깨닫는다'는 뜻으로 풀이하는 사람도 있다. 예부터 동양에서는 이를 학문하는 기본자세로 여겨 왔다.

» 논어

나는 가설(假說)을 만들지 않는다. 가설이란 임시적인 하나의 설을 이른다. 그러나 이러한 설정은 미지의 세계나 사실을 규명하거나 연구하기 위한 학문 이외의 영역에서는 자칫 비합리적이기 쉽다. 그러므로 뉴턴은 합리주의의 과학자답게 가설을 만들려하지 않고, 사실의 탐구를 강조한 것이다. 더구나 우리는 일상생활에서도 흔히 가설 때문에 쓰라린 경험을 갖게 되는 사례를 이따금 목격하게 된다. 이런 점에서 가설은 학문 이외의 다른 부문에서는 삼가야해야 한다.

» 뉴턴

예술의 품위는 음악에서 가장 고귀하게 나타난다. 그것은 음악에는 제거해야만 하는 소재란 없기 때문이다. 음악은 형식과 내용만으로 표현되는 일체의 것을 높여 주는 것이다. 하이네는 잠언과 성찰이란 책에서 '음악은 그 품위에 알맞게 생명에 절대적인 영향을 미친다. 그 영향은 어느 시대든 변하지 않는다'라고도 했다. '가장 오래된 음악이라고 해서 조금도 신기하게 여길 필요가 없다. 오히려 낡으면 낡을수록, 귀에 익으면 익을수록 그만큼 마음에 잘 스며들기 때문이다'

» 하이네



당신은 2년 반 늦었습니다. 생후 2년 6개월 된 아이의 어머니가 다윈에게 '교육은 언제부터 시작하면 좋겠습니까?'라고 물었더니 그가 그 아이의 어머니에게 '이미 2년 반이 늦었습니다'라고 답했다는 유명한 에피소드에서 따온 말이다. 교육은 태어났을 때 바로 시작해야 하는 것이므로 2살 반이 되었을 때까지 시작하지 않았다면 그 어머니는 2년 반이 늦었다는 얘기이다. 이는 교육은 태어났을 때 일찌감치 시작해야 한다는 것을 강조하고 있다.

» 다윈

**소년은 곧 늙고 학문은 이뤄지기 어렵다. 한 치의 시간도 가볍게 여기지 말라.** 이 구절은 면학을 권유하는 유명한 말이다. 촌각을 아끼고 공부해도 어느새 나이가 든다는 이 말은 누구나 공감할 수 있는 무게를 지닌다. 촌음을 아끼라는 말도 같은 뜻이다. 배움에는 한 치의 시간도 낭비하거나 소홀히 해서는 안 된다.

» 주자

**위대한 예술가는 영혼에 응답하는 영혼의 노래를 듣는다.** 예술가들 가운데는 살아 있을 때 크게 빛을 보지 못한 경우가 있다. 작품이 말하고 있는 것을 같은 시대인으로서는 이해하기 힘들었거나 또는 몇몇 사람들만 공감했을 따름이다. 그러나 그들은 시대의 비평보다 영혼의 소리에 귀를 기울였던 것이다. 요즘도 세상 사람들의 이목이나 비판적 평가에는 아랑하지 않고 묵묵히 예술 활동을 하는 사람들이 있다.

위대한 예술가라고 평가받을 사람이 그들 속에 있을지도 모
를 일이다.

» 로댕


미는 자연법칙의 숨은 표현이다. 만약 미로 되어 나타나지
않는다면 그러한 자연의 법칙은 영원히 우리들에겐 숨겨진
채 그대로 있을 것이다. 그는 이어 '나는 한 때 풍경화를 그
린 적이 있다. 그 뒤 자연적 대상물을 세세하게 보는 버릇이
붙은 것이다. 나에게 무엇인가 필요하게 된 경우에는 자연
은 진리에 반하지 않는 한 이익을 얻게 해주었다'라고도 했
다. 자연과 미의 관계는 자연과 인간의 관계보다 더 강하게
연결 지어진 것 같다. 그것들은 본래 하나였다.

» 괴테


나는 생각 한다 그러므로 존재한다. '나는 대체 무엇인가?'
하는 의문을 느꼈던 데카르트는 '나는 무엇인지 알 수 없으
나 지금 생각하고 있는 것만은 틀림없다. 그렇다면 내가 존
재하는 것도 분명하다'라는 인식에 도달하게 된다. 위의 명
언은 동물과 인간을 구별하는 기준이 되기도 한다. 그러나
문제는 이에 그치지 않고, 그 생각이 인류사회에 얼마나 이
바지하느냐 하는데 따라서 존재의 가치나 의의가 결정되는
것이다.

» 데카르트

예술은 알맞은 위치에 놓일 때만 이익을 준다. 예술의 문제점을 가르치는 것이다. 그것도 사랑으로써 가르치는 것이다. 예술이 우리 인간의 오락에 불과하고, 진리를 보여주는 힘을 갖지 못할 때, 그것은 수치스런 예술일 뿐 자랑스러운 것은 아니다. 예술의 오락적인 기능보다는 교육적인 기능을 강조한 명언은 예술이 자칫하면 오락으로 떨어지는 위험을 경계하고 있기도 하다.

» 러스킨

깊고 무서운 진실을 말하라. 자기가 느낀 바를 표현하는데 있어 결코 주저하지 말라. 그는 또 이렇게도 말했다. '설령, 공정(公定)사상과 반대되는 것이 분명할 때도 그렇다. 아마 처음에는 이해받지 못할 것이다. 그렇다고 하더라도 자기 혼자란 것을 두려워 말라. 왜냐하면 한 사람에게 있어 깊은 진실은 모든 사람에게도 진실이기 때문이다' 여기서 말하는 공정사상이란 것은 국가의 정해진 사상 또는 종교로 정해진 사상을 일컫는다. 그야 어떻든 진리를 말하는데 주저 말라는 경구로 받아들여야 할 것 같다.

» 로댕

타인을 감동시키려면 먼저 자기가 감동하지 않으면 안 된다. 그렇지 못하면 제아무리 우수한 작품일지라도 생명이

길지 못하다. 아무런 감동도 없이 거의 기계적으로 작품 활동을 하는 경우가 있다. 외부의 요구에 의해서 기계적으로 생산하는 경우가 하나의 예인데, 이런 경우는 십중팔구 실패작이 되고 만다. 작가 스스로도 감동치 못하는 작품을 그 누가 공감하고 인정하겠는가.

» 밀레

그리스의 예술작품이 아름다운 국민의 정신을 나타낸 것이라면, 미래의 예술작품은 모든 종족상(種族上)의 장벽을 넘어서 비약하는 자유로운 인류의 정신을 나타내지 않으면 안 된다. 고대 그리스의 예술작품은 그 나라 국민의 특유한 정신을 반영하고 있다. 이와 같이 종래의 세계 각국의 예술작품은 이른바 종족이나 민족성을 나타내고 있다. 그러나 근대에 와서는 교통·통신의 발달에 의하여 국가 간의 거리감이라든가 민족 간의 차이 등이 많이 좁혀져 있다. 이런 경향은 비단 예술분야에서 뿐만 아니라 다른 분야에서도 마찬가지로 적용되고 있다.

» 바그너

우리가 학문을 하는 데에는 먼저 격물(格物)을 하지 않고서는 아무 소용이 없다. 서경덕은 송도삼절(松都三絶)의 하나로 꼽히고 있다. 그의 나이 18세 때 대학(大學)을 읽다가 '치지격물(致知格物) 즉 지식을 극진히 하여 물 자체에 도달한다'란 대목에서 위와 같이 말했다고 한다. 사물의 이치를 먼저 연구하여 궁극에 이른다는 뜻이다. 그렇지 않는 경우에는 아무런 소용이 없다.

» 서경덕

진리란 무엇인가? 우리는 끝없는 바다를 떠다니는 작은 배다. 또 우리는 부서지는 물결에 반사되는 빛을 가리키며, 이것이 진리이다 라고 말한다. 우리가 지금까지 옳다고 믿었던 진리가 학문 등의 발달에 의하여 어느 날 갑자기 부정되는 경우도 있다. 이런 것을 비유한 것이 위의 명언이다. 이 경우 진리는 빛의 실체인 태양이지 물결에 반사되는 빛은 아닌 것이다.

» 생트뵈브

예술 작품은 현실적으로 구체화되기 전에 이미 예술가의 영혼 속에 심상으로 존재한다. 그 심상, 즉 원형은 옛날의 철학자가 이데아라고 이름 지은 것과 꼭 들어맞는다. 헤세의 초기 작품은 회고적 서정성이 농후한 신 낭만주의적 경향을 띠었으나 제1차 세계대전을 통하여 깊이 내면적인 사고를 가지게 되었다. 이어 서유럽 문명에 대한 회의와 비판에서 동양정신의 신비적 전일성(全一性)을 동경하여, 영혼의 자유와 인간성의 고귀함을 획득하려고 고민하였다. 그런 면

에서 그는 시를 쓰기 전에 이미 그 시의 원형인 이데아가
자기 자신의 영혼 속에 있다고 생각한 것 같다.



**그림이다. 모든 것은 그저 그림에 불과한 것이다.** 헤세가
왜 '모든 것은 그림에 불과하다'라고 했는지 그의 '미술사
약전'을 보면 대강 짐작이 간다. '나는 때때로 현실에 대한
감각이 무디다는 소리를 듣는다. 내가 쓰는 시도 내가 그리
는 그림도 현실에 맞지 않는다고 한다. 그러나 나는 현실이
라는 것이 조금도 마음에 걸릴 것이 없다고 생각한다. 왜냐
하면 현실은 어디에나 존재하는 것이지만 우리 주위에 배려
를 요구하고 있는 것들은 현상보다 더 아름답고 보다 더 필
요한 것이기 때문이다' 그에게는 타인이 비현실적이라고 얘
기하는 시나 그림, 즉 그의 예술세계 속에서 현실감을 나타
내지 못하게 되더라도 별 상관이 없었다. 하지만 일상생활
인인 우리가 모든 것은 그림에 불과하다는 생각을 할 수 있
을까. 그저 그만의 감흥으로 받아들이면 되지 않겠는가.

# 3

결혼과
가정에 대하여

결혼과 새장은 비슷한 데가 있다. 새장 밖에 있는 새는 안에 들어가고 싶어 하고, 안에 있는 새는 날고 싶어 한다. 그의 수상록(隨想錄)에 나오는 말이다. 이는 아마도 결혼하지 않은 사람은 결혼을 하고 싶어 하고 결혼한 사람은 결혼하지 않았더라면 한다는 것을 새에 비유한 것 같다. 여기서 새장은 구속을 뜻한다.

» 몽테뉴

결혼 전에는 눈을 크게 뜨되, 그 뒤에는 반쯤 감아야 한다. 제아무리 현명한 사람이더라도 사랑을 하면 이성이 흐려진다. 그러므로 결혼하기 전에 될 수 있는 한, 거리를 두고 냉정하게 상대방을 크게 눈을 뜨고 잘 관찰할 필요가 있다. 그러나 일단 결혼을 하고 나면, 상대의 어떤 결점이 나타나더라도 모르는 척하는 관용이 필요하다. 즉 눈을 반쯤은 감고 살아야 한다는 뜻이다. 이런 점은 남녀 모두에게 적용된다.

» 미국 속담

결코 폭력으로써 결혼을 시작해선 안 된다. 이는 너무나 상상적이고 평범한 말로 들릴지도 모른다. 하지만 그 속에 깊은 뜻이 있다. 흔히 우리들 주변에서 보게 되는 이런 현상은 금기라기보다 결혼하는 사람이라면 누구든 금과옥조처럼 생각하고 실천해야 한다. 위의 명언의 깊은 뜻이 바로 여기에 있다.

» 발자크

어버이라는 것은 하나의 중요한 직업이다. 그러나 아직까지 아이들을 위해, 이 직업의 적성검사를 한 적이 없다. 어버이라는 의미는 크다. 아니 넓다고 하는 편이 나을지도 모른다. 그런데도 작금의 현실은 자식 따로 어버이 따로이다. 그래서 아마도 아이들 즉 자식들을 위하여 적성검사라도 해야 한다는 말인 것 같다. 직업치고는 정말 중요한 직업이 아닌가. 흔히 얘기하는 인자함이나 엄격만으로는 안 되지 않는가.

» 버나드 쇼

우리들의 양친이 자식들에게서 그들 자신을 사랑함과 같이, 우리들도 또한 우리들의 자식에게서 우리들 자신을 사랑한다. 자식들을 훌륭한 인간으로 키우려면, 먼저 부모의 생활 태도가 훌륭하지 않으면 안 된다. 말만으로는 아무것도 기대할 수가 없다. 예를 들면 자식들에게 사치해서는 안 된다고 가르치면서, 그 부모가 사치를 하고 있다면 자식들은 어떻게 생각할 것인가. 그러므로 자식들에게 가르치는 모든 도덕적(道德的)인 교훈은, 좋은 실례(實例)에 의하지 않으면 안 된다.

» 부르크

불쌍한 부모, 나를 낳고 고생하시다. 중국의 오경(五經) 중의 하나인 시경(詩經)의 소아료아편(小雅蓼我篇)에 나오는 말이다. 어떤 효자가 부역(賦役) 때문에 집을 떠나 있는 사

이에 부모에게 효행을 할 수 없음을 슬퍼하는 내용이 담겨져 있다. 공자(孔子)가 편찬하였다고 알려져 있다

» 시경

자모(慈母)에게 패자(悖子) 있다. 자애가 깊은 어머니, 자식에게 매우 인자한 어머니에게, 오히려 불량하고 버릇이 없는 아들이 생긴다는 뜻이다. '패자(悖子)'란 법률이나 규칙을 어기는 자식이라는 뜻으로 사마천(司馬遷)이 지은 사기(史記)의 이사전(李斯傳)에 나오는 말이다.

» 사기

어쨌든 결혼하도록 하라. 만일 그대가 훌륭한 아내를 얻으면 그대는 행복해질 것이다. 만일 나쁜 아내를 얻으면 그대는 철학자가 될 것이다. 그 어느 편이건 그대에게는 좋은 일이다. 소크라테스 자신의 만년(晩年)의 처 크산티페는 항상 남편을 들볶았다고 한다. 그러므로 그의 아내는 악처의 견본처럼 이야기되고, 또 소크라테스가 철학자로서의 사색이 깊어진 것은 그 아내 때문이었다고 한다. 어쨌든 간에 훌륭한 아내를 얻으면 행복해질 것이요, 반대로 악처를 얻으면 불행할 것이다. 하지만 인생에 대해서는 훌륭한 아내를 얻은 사내보다 훨씬 더 깊이 생각하게 될 것이란 뜻이다.

» 소크라테스

‘예의가 사람을 만든다. 마음이 사람을 만든다’ 이런 두 가지 격언보다도 더 진실한 것은 ‘가정이 사람을 만든다’는 격언이다. 사람은 어릴 때부터 훌륭한 가정교육을 받아 훌륭한 인격을 갖추어야만 사회에 나가서도 훌륭한 사람으로 평가된다. 예부터 가정교육을 중요시하는 이유가 바로 여기에 있다. 그러므로 완전히 성장한 뒤에는 가정생활이 원만한 사람이 사회활동도 원만하기 마련이다.

» 스마일스

나는 간소하면서 아무 허세도 없는 생활이야말로 모든 사람에게 최상(最上)의 것. 육체를 위해서나 정신을 위해서나 최상의 것이라고 생각한다. ‘나는 어릴 때부터 인간의 야심에 의해서, 흔히 고정된 평범한 것을 무시하여 왔다고 했다’ 이는 곧 자기의 육체를 위해서나 정신을 위해서나 허세가 아닌 진실한 것만 추구하는 것이 가장 바람직하다는 것이다.

» 아인슈타인

사회가 존속하려면 인류는 반드시 사랑할 줄을 알아야 한다. 어린이는 특히 모친한테서 모성애에 의하여 그것을 배운다. 어머니의 어린이를 향한 감정은 가장 순수하고 아름답다. 이러한 모성애에 의해서 어린이는 사랑을 배우게 된다는 것이다.

» 앙드레 모로아

**아내는 남편의 인형이 아니다.** 여성의 해방 문제를 제기한 근대 사회주의의 대표적 작품인 '인형의 집'에 나오는 말이다. 변호사인 남편에게서 평소에 사랑받고 있다고 믿었던 여주인공 노라가 어떤 사건을 계기로 해서 자기는 그동안 남편한테 인형 취급을 받아온 데 불과하다는 것을 깨닫게 되자, '저도 당신과 마찬가지로 인간입니다. 저는 혼자 몸으로 되어 저의 존재와 바깥세상을 바르게 알아야겠어요' 하며 남편과 아이들을 두고 집을 뛰쳐나간다. 당시 아내가 남편의 인형이기보다, 노예와 흡사한 경우가 훨씬 더 많지 않았을까. 그 어떤 경우이건 아내는 남편과 같은 인격의 소유자라는 것을 유의해야 한다.

» 입센

**아내인 동시에 친구일 수도 있는 여자가 참된 아내이다.** 친구가 될 수 없는 여자는 아내로도 마땅하지가 않다. 수상집 '고독의 과실' 속에 나오는 말이다. 이성(異性)이 어떻게 친구일 수 있느냐 하는 데에 대해서는 이렇게 이야기되어 있다. '이성이라는 것은 별로 대단한 문제가 아니다. 정신에는 성별이 없기 때문이다. 그리고 정신이야 말로 우정의 주체이다. 육체만을 생각하고 정신을 생각하지 않는 사람은 참된 우정을 맛보지 못한다. 결혼의 필수조건 역시 사랑이기 때문이다'

» 윌리엄

형제는 수족(手足)이다. 중국의 도가(道家)를 대표하는 장자의 글에 나온 말이다. '형제는 사람의 손발과 같은 것이므로, 한번 잃어버리면 찾지도 못하고, 다른 것과 바꾸지도 못하는 것이다'라고 되어있다. 현대와 같은 핵(核)가족 사회에 있어서도 누구보다 가장 가까운 사람은 역시 형이나 아우밖에 없다. 형제란 부모 다음으로 소중한 혈육이 아닌가.

» 장자

인간의 일생에는 그 시대에 해당하는 사랑이 있다. 연인으로서의 사랑, 남편으로서의 사랑 등…… 아무리 열렬한 사랑으로 맺어진 부부라 하더라도, 결혼한 뒤에 시일이 경과함에 따라서 정열이 식는 것이 보통이다. 이러한 경우 부부 사이에 어떤 일로 감정의 갈등이 생기면 아내는 '이이는 옛날처럼 나를 사랑하지 않는가 보다'라며 남편을 의심하는 경향이 있다. 남편 보다 아내 쪽에 그런 경향이 더 있다. 그러나 그런 것으로 부부간의 애정을 의심하는 것은 옳지 않다. 은근과 끈기로 이를 극복해야 한다.

» 톨스토이

아버지는 아들을 완전히 이해할 수 없다. 양자는 2개의 다른 세대(世代)에 속해 있기 때문이다. 명작 '부자(父子)'에 나오는 말이다. 세대의 차이라는 것이 있다. 예를 들면 기성세대는 흔히 보수적이기 쉽고 새로운 세대는 혁신적이고,

또 기성세대는 현실주의적인데 반해 새로운 세대는 이상주
의적인 것 등… 가정에서나 사회에서나 양자의 견해는 다를
수밖에 없고 서로 자기주장을 너무 내세우다보면 자꾸 충돌
하게 될 뿐이다. 그러므로 서로 상대방의 견해를 이해하여
절충하거나 타협하는 것이 좋다. 아버지와 아들과의 차이
역시 마찬가지이다.

» 투르게네프


효자가 그 어버이를 섬길 때, 거처에는 공경을 다하고 봉양
(奉養)에는 즐거움을 다한다. 예나 지금이나 효는 스스로 마
음에서 우러나는 것이 아니면 안 된다. 경제적이거나 또는
의무적으로만 부모를 부양하는 것은 올바른 봉양이랄 수 없
다. 어느 한쪽만을 위한 희생이 되어서는 즐거움이라고 할
수 없는 것이다.

» 공자


가장(家長)이 확실하게 지배하는 가정에는 다른 데서 찾아
볼 수 없는 평화가 깃든다. 가장은 배의 선장과 같다. 그에
게 어떤 뚜렷한 결함이 없는 한, 항해 중에 선원들은 누구나
그에게 잘 협조하고, 그의 지시에 순종해야 한다. 그렇지
못하면 항해는 원만히 진행될 수가 없다. 자식들은 물론이
거나 가족 구성원 모두 지켜야 할 것은 지켜야 가정의 평화
가 깃든다.

» 괴테

순진성과 완전한 것에 이를 수 있는 일체의 가능성을 가지고 아이들이 계속 태어나지 않는다면 이 세상은 그야말로 무서운 것이 되리라. 많은 것을 가르치기만 하면, 아이들이 모두 훌륭한 인간이 되리라는 생각은 잘못이다. 가르치는 것이 모두 실리주의적인 교육이면 배우는 아이가 실리주의적인 인간이 되는 것은 당연하다. 과학적인 교육도 말할 것도 없지만, 사실 정서 교육은 더욱 필요하다.

» 러스킨

사랑하는 남녀의 결합은 피차간에 속박으로 되어선 안 된다. 그것은 이중으로 꽃이 피는 것이어야 한다. 그의 작품 '매혹된 영혼'의 여주인공 안네트는 2개의 학사자격증을 가진 교양 높은 여성이다. 이것은 그녀가 애인 로제에게 이렇게 말을 잇는다. 저는 서로가 상대방의 자유스런 발달을 시새우는 대신에, 오히려 기꺼이 그것을 도와주어야 한다고 생각합니다. 당신이 저를 자유스런 인간으로 사랑해 주시면 그만큼 저는 당신의 것으로 될 것입니다. 롤랑은 아마도 남성이 여성한테서 받은 영향을 매우 중요하게 생각하고 있는 듯하다.

» 로맹 롤랑

자식이 부친을 존경하지 않는 것은 혹 경우에 따라 용서될 수 있는 것이지만, 모친에게도 그렇다면 그 자식은 세상에 살아 있을 가치가 없는 못된 괴물이라고 말하지 않을 수 없다. 자식들이 어느 정도 나이가 들면 아버지에 대해 비판적인 경우를 이따금 보게 된다. 아버지에게 도덕적인 결함이 있다면 어쩔 수 없는 일일지도 모른다 하지만, 어머니에게도 그렇게 된다면 그 아이는 어머니의 희생이 얼마나 큰 것이었던가를 알지 못하는 크게 잘못된 자식일 수밖에 없다.

» 루소

가정은 마음의 조국이다. 시대와 함께 그 기풍(氣風)이나 이상(理想)은 진보하겠지만 누구도 이것을 말살할 수는 없다. 가정과 조국은 동일한 선(線)의 양 끝이다. 가정을 마음의 조국으로 생각하는 사람은 행복하다. 자비심 깊은 부모, 선량하고 온순한 형제자매 등을 생각해 보라. 그것은 이 세상에서 가장 아름다운 정경의 하나이다. 서로의 마음에서 마음으로 이어진 가정은 더욱 화목하고 발전한다. 이러한 가정은 또한 마음의 조국이 틀림없다.

» 마치나

부친으로서 최선의 만족은, 자식으로부터 충돌하고 변함없이 존경을 받을 가치가 있다는 점이다. 자식들에게 툭하면 호통을 치는 부친이, 그들로부터 존경받기를 기대하기는 어렵다. 부친도 인간인 이상, 누구나 다소의 신경질적인 점

을 지니고 있다. 그것이 자식들에게 증오심을 불러일으킨
다. 부친은 자식들에게 어떤 것을 요구하기보다 그들의 개
성을 존중할 필요가 있다.

» 허버튼

남자의 손에 들어오는 수확물 중에서 양처(良妻) 이상 가는
것이 없고, 반대로 악처(惡妻)만큼 못마땅한 것은 없다. 우
리의 역사에도 어진 아내가 남편으로 하여금 그의 재능을
충분히 발위 하게끔 했다. 한 예로 사임당 신씨는 아들 율곡
을 훌륭히 길러내어 시댁의 가문을 빛내었다. 그러나 이와
는 달리 악처로 인해 남편을 파멸의 구렁텅이로 몰아넣거나
파멸하는 예는 얼마든지 있다.

» 헤시오도스

가정의 상태를 좋게 하지 못하는 여자는 집에서 행복하지
못하다. 그리고 집에서 행복하지 못한 여자는 어디에 가거
나 행복할 수 없다. 여자로서 하여야 할 집안일을 소홀히
하면 집안이 엉망이 된다. 그런 여자가 어디에 간들 행복하
다 할 수 없다.

» 톨스토이

사랑하는 사람과 사는 데는 한 가지 비결이 있다. 즉 상대를
변화시키려고 해서는 안 된다는 것이다. 우리들이 비위에

 사랑하는 사이 특히, 부부 사이에서도 서로를 한 사람의 인간으로서 인정하는 것이 첫째의 조건이다. 어떠한 경우에도 아내나 남편의 결점을 고친다거나 상대방을 변화시키면서까지 자신의 사랑을 확인시키려하거나 해서 행복을 누리려 해서는 안 된다. 특히 부부 관계에서는 더욱 그렇다.

» 샤르도네

싸움터에 나갈 때에는 한 번 기도하라. 바다에 갈 때에는 두 번 기도하라. 그리고 결혼할 때에는 세 번 기도하라. 이와는 다른 표현일지는 모르지만 영국의 소설가 스티븐슨도 '결혼을 망설이는 인간은 전장에서 도망치는 병사와 같다'고 말하고 있다. 오히려 그만한 각오를 가지고 결혼하라는 뜻일 것이다. 그런 의미에서 '결혼할 때에는 세 번 기도하라'는 러시아 속담은 어쩌면 결혼의 위험성과 책임감에 대한 적절한 표현일지도 모른다.

» 러시아 속담

가능한 한 일찍 결혼하는 것은 여자의 비즈니스이고, 가능한 한 늦게까지 결혼하지 않는 것은 남자의 비즈니스이다. '남자는 무료해서 결혼한다. 여자는 호기심에서 결혼한다.

그리고 쌍방 모두 실망한다'라고 와일드는 '아무것도 아닌 여자' 중에서 이렇게 말한 적이 있다. 결혼이라는 관문은 남자나 여자나 같은 의미를 지니고 있다. 하지만 위의 글 모두 결혼 생활 자체에 있어서는 결코 같은 뜻을 지니고 있지는 않다고 언급하고 있다.

» 버나드 쇼

**순종하지 않는 딸은 다루기 힘든 아내와 같다.** 아버지에게 있어서 딸은 손 안의 구슬 같은 소중한 존재이다. 그러나 유순하지 못한 딸은 쉽게 손아귀에서 빠져나간다. 이것은 순종하기를 바라는 아버지로서 자식에 대한 소유욕이 있기 때문에 다루기 힘든 아내 이상으로 애를 태운다.

» 프랭클린

성실한 결혼 생활을 영위하는 것은 좋은 일이다. 그러나 보다 더 좋은 일은 아주 결혼을 하지 않는 일이다. 그럴 수 있는 인간은 좀처럼 없다. 그러나 그런 인간은 행복한 인간이다. 톨스토이는 또한 다음과 같이 말하고 있다. '결혼을 하지 않아도 살 수 있음에도 불구하고 결혼을 하는 인간의 행위는 무엇인가에 걸리지도 않고 쓰러지는 사람의 행위와 같다. 무엇에 걸려 넘어지는 것은 할 수 없는 일이다. 하지만 무엇에 걸리지도 않았는데 왜 일부러 넘어진단 말인가.

동정(童貞)을 지킨 채 죄를 범하지 않고도 살아갈 수 있다면 결혼은 하지 않는 것이 가장 좋다' 그의 말대로라면 결혼을 하지 않는 것이 오히려 더 좋은 일처럼 느껴진다. 하지만 성직자가 아닌 이상 그처럼 행복해지기란 쉽지 않다. 그야 어떻든 평범한 우리에게는 성실한 결혼생활이 좋은 일이 아닌가 한다.

» 톨스토이

자식을 길러본 후에야 진정 부모는 자애로움을 알게 된다. 부모의 고생이나 은혜는 자기가 자식을 가진 부모가 되어보지 않으면 알 수 없다. 이것은 자식을 낳고 봐야지만 부모의 진정한 마음을 알게 되기 때문이라는 것을 말하고 있다.

» 왕양명

여러 가지 순간적인 어리석음. 이것이 그대들 사이에서는 사랑이라고 불려진다. 그리고 그대들의 결혼은 수많은 순간적인 어리석음으로 끝난다. 그러나 실은 이것이 하나의 장기간에 뻗친 어리석음인 것이다. 니체는 이 밖에 그의 저서 '인간적인, 너무나 인간적인' 에서도 '연애는 결합된 소위 연애결혼은 오류를 그 아비로 하고, 필요를 그 어미로 한다' 라고 해 연애 또는 결혼을 비판적으로 보고 있다. 이는 그가 혹 염세주의자였기 때문이었을지도 모를 일이다. 어쨌든 그는 여자를 지독히 싫어했다.

» 니체

 이 말이 어느 정도는 사실이라고 해도 그것에는 과장이 섞여 있음을 알 수 있다. 자기 아내가 매력적이든 그렇지 않든 간에 어느 누구도 남편의 입장에서는 아내가 유혹당하기를 바라지는 않을 것이기 때문이다. 다만 훗날 아내가 그 매력을 잃지 않게 되어 타인의 부러움을 사고 싶은 것은 남편들의 속마음을 지적한 말이 아닌가 한다.

» 니체

신체발부, 이것은 부모에게서 받는다. 감히 훼손하지 않는 것이 효의 시작이다. 부모에 대한 효행에는 걱정을 끼쳐드리지 않는 것, 기쁘게 해드리는 것, 일을 돕는 것 등 여러 가지가 있다. 그러나 공자가 말하는 효는 '먼저 부모에게서 받은 신체의 어느 부분이라도 경솔하게 상처를 내지 않고 소중하게 여기는 것'부터라고 했다. 이와 같은 공자와 그의 제자들이 효도에 관해 묻고 답한 것을 적은 책이 바로 '효경(孝經)'이다.

» 효경

아내는 끊임없이 남편에게 복종함으로써 그를 지배한다.
현명한 처는 겉으로는 남편의 말에 복종하지만 결국은 남편
이 자기의 뜻에 맞지 않는 것은 말하지 못하게 만든다. 그렇
게 함으로서 남편의 생각에 영향을 미치기도 하고, 남편이
무엇이든지 아내의 동의 없이 아무렇게나 결정할 수 없도록
한다는 것을 가리키는 말이다.

» 풀러


결혼, 그것은 하나를 만들려고 하는 두 사람의 의지다. 단
지 그 하나를 이루는 것은 두 개 이상의 것이다. 이와 같은
의지를 의지하는 자로서, 서로의 곤경을 같이 치러주는 것
을 나는 결혼이라고 부른다. 진지하게 마음을 터놓고 상의
할 수 있는 것은 역시 부부밖에 없다. 아내나 남편 모두 소
중한 대상이며, 부부는 인생이라는 길고긴 행로에 있어 조
력자이며 동반자인 것이다.

» 니체


행복한 가정은 모두 거의 비슷하다. 불행한 가정은 모두 각
각 다른 불행을 짊어지고 있다. 가정생활에 있어서 무슨 일
인가를 하기 위해서는 부부간에 완전한 합일이라든가, 애
정의 일치가 필요하다. 부부의 관계가 애매하면 아무 일도
할 수 없다. 세상에는 남편에게도 아내에게도 알맞지 않은

생활을 몇 년이나 되풀이하는 가정이 많은데, 그것은 모두
완전한 일치가 없었기 때문이다.

» 톨스토이

침묵과 겸손과 가정에 조용히 머물러 있는 것. 이것이 여자
에게는 가장 좋은 일이다. 이 세 가지는 누구에게나 좋은
일이다. 여기서는 특히 여자에게 가장 좋은 일이라고 강조
하고 있다. 파스칼은 몇 천 명의 여자 중에서도 한 여자가
구원을 받는다는 것은 역시 기분 좋은 일이며, 또 몇 천 명
중에 한 사람의 건실한 사나이가 있다는 것도 즐거운 일이
아닐 수 없다'라고 풍자했다. 만약 그것이 사실이라면 그건
'즐거운 일'이 아니라 다분히 '슬픈 일'일 것이다.

» 에우리피데스

남의 아들로 태어나면 곧 생명과 혈육을 갖게 된다. 그것은
즉 그 어버이와, 호흡과 기맥이 서로 통하기 때문이다. 그
러므로 어찌 부모에게 효도함을 게을리 하겠는가? 가정이
편안하고 사회의 법도가 바로 서기 위해서는 무엇보다도 근
본적인 것이 효의 실천이다. 공자도 '논어(論語)'에 이렇게
효도의 대의를 얘기하고 있다. 어떤 사람이 '선생님은 어찌
하여 정사에 참여하지 아니하나이까?'라고 물으니 공자가
'경서에 이르기를 오직 효도하며 형제와 우애함이 즉 정사

를 펴기 위함이라 하였으니 이 또한 위정이요, 어찌 참정만
을 위정이라 하시오' 그러므로 때가 때인 만큼 우리는 한 순
간이라도 이를 소홀히 생각해서는 안 된다.

» 격몽요결

빈천(貧賤)의 교류는 잊지 말 것이며 조강지처는 당(堂)에서
내쫓지 않는다. 이는 후한의 광무제 때의 일화에서 따온 말
이다. 미망인이 된 제의 누님 호양공주는 남모르게 사법 장
관인 송홍을 연모하고 있었다. 그 마음을 알아차린 제는 다
음과 같이 송홍의 의중을 떠보았다. '신분이 높아지면 친구
를 바꾸고, 돈이 생기면 처를 바꾼다는 격언이 있는데 이를
어떻게 생각하나?' 그랬더니 송홍은 '저는 빈천의 교류는
잊지 말고 조강지처는 당에서 내쫓지 말라는 말을 들었습니
다만, 이것이 옳다고 생각합니다'라고 대답했다고 한다. 조
는 '술 찌꺼기' 강은 '겨', 즉 그런 변변치 못한 식사를 하고
빈곤한 생활을 함께한 처는 집에서 쫓아내서는 안 된다는
것을 뜻한다.

» 범엽

4

독서와
지혜에 대하여

지식은 경험의 딸이다. 그의 이론이 경험에 의해서 밑받침
되어 있지 않은 사색가의 교훈을 듣지 말라. 수천 년 전의
현인들로부터 현대의 위인들에 이르기까지의 많은 사람들
과 교제하게 하고 그 사람들의 연구와 지혜의 성과를 전해
주고 있는 것은 다름 아닌 책이다. 그것은 우리들에게 정신
적 양식이 되고 격려를 주기도 하고 마음의 안정을 갖게 해
주기도 한다. 책이야말로 인생에 가장 큰 반려자이다. 독서
의 중요성이 바로 거기에 있다.

» 레오나르도 다 빈치

과학에 대해서는 새로운 저서를 읽도록 힘쓰고 문학에 대해
서는 오래된 작품을 읽도록 힘쓰라. 고전문학은 항상 근대
적이다. 저 유명한 '폼페이 최후의 날'의 저자인 리튼의 이
말은 독서에 대해서 설명할 때 흔히 인용된다. 먼저 과학
서적은 오래된 것보다 새로운 것을 읽는 것이 좋다. 왜냐하
면 새로이 지식이 씌어 있기 때문이다. 새로운 문학작품은
오래된 작품 즉 고전을 읽는 것이 더 좋다고 한다. 고전 문
학은 곧 근대적이란 뜻이다.

» 리튼

너무 글을 읽으면 읽지 않는 것만도 못하다. 여기서 맹자가
말한 글이란 것은 중국의 여섯 경서의 하나인 '서경'을 가리
킨다. 하지만 현재의 우리로서는 그 시대의 사람들에 비해

서 훨씬 더 많은 책 속에 싸여 있다. 제아무리 바쁜 사람일지라도 하루에 몇 페이지 정도는 읽는다. 신문이나 잡지, 전문서적을 포함하면 더욱 많은 수치가 적용된다. 그 많은 활자의 마력에 휩쓸리지 말아야 한다.

» 맹자

**자기가 하찮은 것밖에는 알지 못한다는 것을 알기 위해서는 많은 것을 알아야 한다.** 우리는 이따금 모르는 것까지도 아는 체하는 사람들을 만나게 된다. 그것은 그만큼 아는 것이 없다는 증거이다. 오히려 많은 것을 알게 되면 실제로 자기가 아는 것은 지식 세계의 극히 작은 일부분에 지나지 않다는 것을 깨닫게 된다. 그러므로 우리는 우선 모르는 것을 부끄러워한다거나 남에게 묻는 것 또한 부끄러워해서는 안된다.

» 몽테뉴

**좋은 책은 좋은 친구와 같다.** 그의 대표작 '폴과 비르지니'에 나오는 말이다. 좋은 책과 좋은 친구, 정말 좋은 의미로 들린다. 둘 다 모두 긴요하기는 마찬가지가 아닌가 한다. '문학은 태양의 빛과 마찬가지로 우리들을 비춰 주기도 하고 즐겁게 해주기도 하고 따뜻하게 해주기도 한다. 그것은 천상의 불이다. 그러나 지상의 불과 마찬가지로 자유롭게 사용할 수 있다는 것이 우리들에겐 다행한 일이다.

» 생피에르

양서(良書)를 읽기 위해서는 악서(惡書)를 읽지 말아야 한다. 인생은 짧고, 시간과 정력에는 한도가 있기 때문이다. 부모는 흔히 자녀들에게 해로운 책, 즉 악서들을 읽지 못하도록 한다. 그런데도 굳이 그런 책들을 골라 가며 읽곤 하는 사람이 있다. 그야말로 짧은 인생에 시간과 정력을 낭비하는 것은 어리석은 짓이다.

» 쇼펜하우어


인생의 법칙을 아는 것은 매우 중요하다. 우리들을 자기완성에 인도하는 지식은 가장 으뜸가는 지식이다. 인생을 행복하게 보내고 싶다는 소망은 누구나 다 갖고 있다. 인생을 행복하게 보내려면 젊은 때 계획을 철저히 세워야 한다. 중년을 넘거나 했을 때는 이미 늦다. 노년기에 이르러서 방황하는 이유도 여기에 있다. 그렇다면 젊을 때에 어떻게 하는 것이 좋은가. 병약해지거나 재산을 잃는 일이 없도록 경계하고 교활하거나 악한 사람을 멀리해야 한다. 정직 근면해야 함은 두말할 것 없다.

» 스펜서


교양이 아주 없는 편보다는 걸식하는 편이 낫다. 후자에게 없는 것은 돈이지만 전자에게 없는 것은 인간성이기 때문이다. 여기서 말하는 교양이 없다는 것과 인간성이 없다는 것

은 같은 격으로 들린다. '아무 교양이 없는 부자보다는 교양
이 높은 가난뱅이가 오히려 존경할 만하다'는 말도 같은 의
미를 갖고 있다. 그러나 요즘은 이렇게 말하면 '교양 같은
것은 좀 없어도 괜찮다. 지금은 돈이 모든 것을 해결하는
시대이니까, 부자로 되는 편이 차라리 낫다'고 생각하는 사
람이 더 많을지도 모를 일이다.

» 아리스티푸스

독서와 정신의 관계는, 운동과 육체의 관계와 마찬가지이
다. 어느 누구나 적당히 운동을 하면 건강에 도움이 된다.
그와 마찬가지로 독서도 일부 지식인의 전유물은 아니다.
항상 좋은 책을 가까이하면 그만큼 지식을 넓히고, 지성을
높이는데 도움이 되게 돼있다.

» 에디슨

참으로 교양 있는 사람에게 가장 잘 갖춰진 것은 평정(平靜)
이고, 무외(無畏)이고, 자유이다. 참으로 교양이 있는 사람
은 어떤 사태에 직면하더라도 평정심을 잃지 않고 어떤 경
우에도 두렵지 않고, 자유로울 수 있다. 이를 두고 참된 교
양인이라고 하는 것이다.

» 에픽테토스

독서 백 편(百篇)이면 뜻을 저절로 안다. '책을 읽는데 있어 백 번 되풀이하여 읽으면 저절로 그 내용을 파악하게 된다'는 말이다. 우리나라에서도 옛날에는 모두 이 방법을 택하여 암송하는 것이 많았다. 그러나 당시에 비하여 독서의 범위, 생활의 양식 등 여러 가지가 달라진 현대에 와서는 우리가 이런 충고에 따르기 어렵다. 그러나 책을 읽을 때 아무렇게나 훑어보거나 해서는 안 된다. 신중한 태도를 취해야 한다는 것은 절대로 필요한 일이다. 더구나 남의 글을 제대로 읽어보지도 않고, 이러쿵저러쿵 해서는 안 된다.

» 위지 훈우전

서적은 청년 시대의 길잡이이고, 성인(成人)이 된 뒤로는 오락이다. 무한한 가능성을 갖고 있는 청년 시대에 있어서는, 우연히 읽게 된 한 권의 책에서 깊은 감명을 받아, 그 책에서 제시된 인생의 방향을 참고로 하는 예가 적지 않다. 따라서 이때에는 닥치는 대로 읽지 말고, 부모나 선배가 권하는 좋은 책을 읽어야 한다. 또한 서적이 성인에게 오락이란 것은 즐기는 것보다도 마음의 안정을 얻기 위한 것을 말함이다.

» 율리아

독서삼도(讀書三到) '삼도'라는 것은 구도(口到), 안도(眼到), 심도(心到)를 뜻한다. 즉 입으로는 다른 것을 말하지

말고, 눈으로는 다른 것을 보지 말고, 마음을 오직 독서에
만 집중하면 책의 내용을 완전히 파악하게 된다는 것을 뜻
한다. 그 중에도 가장 중요한 것은 '심도'이다. 마음을 가다
듬어 한결같이 책에만 집중하면, 눈도 입도 다른 것을 보거
나 말하지 않게 되기 때문이다. 이 같은 '독서삼도'의 중요
성은 예나 지금이나 다르지 않다.

» 주희

옥(玉)은 갈지 않으면 그릇을 만들 수 없고, 사람은 배우지
않으면 도(道)를 알 수 없다. 요즘은 의무 교육이 광범하게
실시되고 있어서 문맹률이 극히 낮다. 청소년이나 성인의
대개는 학교생활을 떠난 뒤에도 신문, 잡지, TV, 라디오 등
을 통해서 교양을 높이고 있다. 이렇게 정신적으로 조금씩
향상되는 것, 자기완성을 위한 노력 또한 도(道)를 깨우치
는 방법의 하나이다. 옥도 정성들여 갈면 갈수록 높은 수준
의 그릇이 되기 마련이다.

» 이이

누구에게나 정신에 하나의 기원(紀元)을 마련해 주는 책이
있다. 일생을 곤충 연구에 바친 파브르는 그의 선배 듀프르
박사의 책을 읽고 정신적으로 하나의 기원을 마련했다 한
다. 이와 마찬가지로 사람들은 뚜렷하게 주관이 서지 않은

성장기에 자기가 매우 감명 깊게 읽은 책에서 영향을 받아 뜻을 세우는, 하나의 계기를 갖는다. 이는 대체로 인격 형성이나 장래를 결정하는 계기를 마련하게 된다. 그러므로 좋은 책을 가려서 읽으라는 말이다.

» 파브르

**무지(無知)를 두려워하지 말고, 엉터리 지식을 두려워하라.** 어떤 문제에 대해서 무지하다고 하여 부끄러워하거나 두려워할 필요는 조금도 없다. 어떤 문제에 대해서 전문적인 지식을 얻고 싶다면 그것을 곧 배우면 된다. 배우는 과정에서 혹 이해가 되지 않는 것이 있으면 그 방면의 전문가에게서 의견을 듣거나 지도를 받으면 된다. 그러나 엉터리 지식, 즉 잘못된 지식을 가지고 있다면 크게 부끄러워하고, 또 두려워하지 않으면 안 된다. 엉터리 지식을 믿고 그대로 실행하다보면 뜻밖의 창피를 당하기도 하고, 돌이킬 수 없는 실수를 저지를 수 있다.

» 파스칼

**나쁜 독서는 나쁜 교제보다도 더 위험하다.** 그의 '잠 못 이루는 밤을 위하여'라는 수상집에 나오는 말이다. 좋지 않은 한 권의 책이 사람의 일생을 불행에 빠뜨릴 수 있다고 생각하면, 세상에 책보다 더 위험한 것도 없다. 유념해야 한다.

» 힐티

하나님은 우리들의 지혜를 높여 주신다. 하나님은 어떻게 우리들의 지혜를 높여 주시는가. 슬픔을 통해서이다. 우리가 도망치거나 숨으려고 애쓰는 슬픔에 의해서이다. 고뇌나 슬픔은 책에서는 얻지 못하는 지혜를 얻도록 한 것이다. 우리들의 인생에서 떨쳐 버릴 수 없는 것으로 재난과 질병이 있다. 어느 시기에 이런 것들이 닥치면 대개의 인간은 몹시 마음이 동요된다. 하나님은 슬픔에 쌓인 우리 인간에게 따뜻이 감싸주시지만은 않을 것이다. 오히려 인간의 잘못에 대해서는 벌을 주실 때가 더 많다. 그래서 우리 인간은 이러한 고뇌와 슬픔을 통해서 지혜를 얻게 되는 것이다.

» 고골리

양서를 처음으로 읽을 때에는 새로운 친구를 얻은 듯하다. 전에 잘 읽은 책을 다시 읽을 때에는 옛 친구를 만난 듯하다. 책은 우리의 인생에 없어서는 안 될 매우 소중한 양식이다. 책에 의해서 우리는 좋은 지식을 얻기도 하고 품성을 높여 주기도 한다. 특히 좋은 책이 우리에게 친구처럼 느껴지는 것은 그것이 외로운 마음을 달래어 주기 때문이다. 더

구나 자기의 인생에 있어서 지대한 영향을 끼친 책을 다시
대하게 되면 옛 친구를 만난 것만큼이나 반갑고 소중하게
느껴지게 되는 것이다.

» 골드스미스


**아는 자는 말하지 않고, 말하는 자는 알지 못하다.** 깊이 알
고 있는 자는 섣불리 말하지 않고, 수다스럽게 지껄이는 자
는 오히려 잘 알지 못한다는 말이다. 특히 난세에 있어서는
이 말이 잘 적용된다. 예를 들어 폭력이 난무하는 시대라면
그 폭력의 잘못을 깊이 아는 자는 섣불리 권력자에게 빌붙
어 그를 찬양하지 않으나 그 반대로 권력자에게 빌붙어 함
부로 찬양하는 자들은 권력이 유한하다는 것마저도 알지 못
한다. 노자의 이 말은 정치성이 매우 강하다.

» 노자


**아는 것은 안다고 하고 모르는 것은 모른다고 하라. 그것이
아는 것이니라.** 어떤 질문을 받았을 경우에 자기가 알고 있
는 것을 안다고 답하고 모르는 것은 모른다고 답해야 한다.
이것이 참된 지식인의 태도이다. 그런데도 사람들은 흔히
모른다고 하면 무시당하지 않을까. 괜히 안다고 하거나 또
는 잘난 척 하느라고 짐짓 아는 척 하기도 한다. 그러다가
실제로 그의 무지가 드러나는 경우에는 이루 말할 수 없는

창피나 곤욕을 당한다. 요컨대 이 세상에서는 정직한 것이 제일이다.

» 논어

**글이란 것은 도를 밝히는 그릇이 된다.** '동문선'은 서거정 등이 세조 때부터 성종 때까지 편찬한 문집이다. 글이란 경서나 문학작품을 가리키며 곡필이 성행하는 것을 개탄하고 있다. 지금도 마찬가지이다. 거리에 범람하는 책들을 살펴보면 필자의 저의랄까 양식이 의심스러운 것들이 너무나 많다. 글이 얼마나 무서운 것인가를 새삼 깨달을 필요가 있다.

» 동문선

**서적은 뭐니 뭐니 해도 제본이 견고해야 한다. 호화로운 장정 등은 그 다음이다. 셰익스피어나 바이런의 책을 굳이 아름답게 화장시킬 필요가 있을까.** 최근에는 많은 출판사들은 전에 없이 장정의 호화로움을 경쟁하는 경향이 있으나 장정이 호화로운 책이라 해서 반드시 내용도 훌륭한 것은 아니다. 그러므로 독자는 장정에 현혹되지 말고 그 내용을 잘 살펴가면서 책을 선택해야 한다. 출판사는 양서 일수록 더욱 제본이 튼튼하도록 유의하여야 한다. 양서일수록 두고두고 되풀이하여 읽어 보는 횟수가 많다. 따라서 제본이 제대로 안 되었으면 책이 금방 해손 될 위험이 있다.

» 램

읽을 가치가 있는 책은 사둘만하다. 이렇게 말하면 어떤 사람은 '꼭 그런 책이라면 남에게서 빌려 읽거나 도서관에 가서 읽어도 괜찮지 않은가'라고 말할지도 모른다. 사실 그렇게 할 수도 있지만 그것이 참으로 읽을 가치가 있는 책이라면 그렇게 하는 것만으로는 만족할 수 없게 된다. '이건 정말 읽을 가치가 있는 책이다. 꼭 나도 한 권 사서 곁에 두고 읽고 싶다' 이런 생각을 갖게 하는 책이 참으로 읽을 가치가 좋은 책이다.

» 러스킨

독서하는 한가로운 사람을 나는 미워한다. 또 한 세기 동안 이런 독자들만 있다면, 정신 그 자체가 부패해 갈 것이다. 아마도 그가 미워하는 것은 독서하는 사람 그 자체가 아니라 책을 건성으로 읽거나 한가로움을 때우기 위해 독서하는 습관을 미워하는 것 같다.

» 니체

책은 인류의 저주다. 현존하는 서적의 90%는 시시한 것이고 똑똑한 책은 시시함을 논파하는 것이다. 인간에게 최대의 불행은 인쇄의 발명이다. 무어는 '책이 유익한 것이었더라면 세계는 이전에 개혁되어 있었을 것이다'라고 얘기했고, 러스킨도 '인생은 매우 짧아서 조용하고 평온한 시간은 극히 적으니, 우리들은 가치 없는 책을 읽고, 시간을 낭비해서는 안 된다'라고 말했다. 그러나 아이러니컬하게도 책에 대한 그의 비판적인 독설은 모두 저술활동을 하는 전문적 작가였다. 어쩌면 제대로 된 읽은 만한 책이 없다 라는 비탄처럼 들린다. 저술가나 책을 만드는 사람들 모두 각성하라는 말 같다.

» 디즈레일리

독서하는 것과 같이 값싸고 영속적인 쾌락은 또 없다. 이 말은 책의 경중을 따지지 않고 대량으로 만들어내는 현대에 있어서 어느 정도는 맞을 지도 모른다. 그러나 영속적인 쾌락이라는 것은 그것이 일회적이지 않다는 것일 뿐이다. 왜냐하면 한 권의 책을 어떤 사람이 읽게 되더라도 똑같은 크기의 희열이나 호기심을 불러일으키지는 않기 때문이다.

» 몽테뉴

남의 의견에 반대하거나 논박하기 위하여 독서하지 말라. 또는 믿거나 그대로 받아들이기 위하여, 혹은 이야기나 논의의 밑천을 삼기 위하여 독서하지 말라. 다만 사색하고 고찰하기 위하여 독서하라. 이는 남의 의견에 논박하거나 그대로 받아드리는 식의 독서 방법은 정말 좋지 않다. 베이컨이 여기서 말하고자 하는 요점을 사색하고 고찰하기 위하여 독서하라는 것이다.

» 베이컨


나는 고서(古書)를 소중히 여긴다. 왜냐하면 그것들은 무엇인가를 가르쳐 주기 때문이다. 신간서적에서 배우는 것은 거의 없다. 고서 즉 고전은 우리 인류의 정신적 유산인 까닭에 사라지지 않고, 오래도록 우리에게 읽히게 될 것은 당연하다. 신간서적에서는 배우는 것은 거의 없는 볼테르의 말은 그런 뜻에서일지도 모른다. 하지만 시대를 반영해서 탄생된, 새로운 책은 굳이 고서가 아니더라도 양서의 역할을 충분히 하고 있다.

» 볼테르


책이 거의 인간화하고 있다. 어떤 저작가라도 책이 그의 손을 떠나자 곧 자신의 생활을 독립해 나가는 것을 보고 새삼스레 놀라움에 빠진다. 이는 책이 저작가의 의도와는 상관없이 독자들에게 다가서고 영향을 발휘한다는 것에 놀라움을 표명하고 있다. 여기서 생활의 독립은 책이 스스로 지닌 힘을 말하는 것이다.

» 니체

나는 3일간 책을 읽지 않으면 속눈썹이 어둡다. 시문에 능하여 당송(唐宋) 팔대가의 한 사람으로 알려진 그가 폭넓은 지식과 시작에 재능이 있었던 것은 독서에 대한 애착이 그만큼 컸기 때문이 아닌가 한다.

» 왕안석

아무것도 숨기려고 하지 말라. 아주 하찮은 작은 것도 모두가 드러난다. 숨긴 것은 모두가 어느 시기에 가서든 다 드러나고 만다. 말하자면, 한 집안에서도 부모가 자식에게, 남편이 아내에게, 뭔가를 숨기려 한다면 그 가정은 건전한 가정이라고 할 수 없다. 숨긴 것, 즉 비밀이란 언젠가 탄로 나기 마련인 것이다. 만일 그것이 상대의 감정을 크게 해칠 경우라면, 그 가정은 반드시 파탄에 이르게 된다.

» 공자

가볍게 승낙하면 신의를 잃고, 쉽게 되는 것이 많으면 반드시 어려움도 많아진다. 남에게서 무슨 일을 부탁받았을 때, 앞뒤를 생각지도 않고 쉽게 승낙을 했다가 뒤에 그 약속을 못 지키게 되면 신의를 잃게 된다. 간단한 일이더라도 신중해야 한다. 처음에는 잘되는 것 같다가도 곧 난관에 부딪치게 되는 등 어려운 고비가 닥치는 경우가 많다. 무슨 일이든 안 될 경우를 생각해 두지 않으면 안 된다.

» 노자

**자기가 원하지 않는 일은 남에게 권하지 말라.** 자기가 원하지 않는 일은 다른 사람도 원할 리가 없다. 이런 일은 아예 다른 사람에게 권하지도 말고 시키지 말라는 뜻이다. 동양의 고전인 중용(中庸)에는 이와 비슷한 교훈이 있다. '멀리 행하려면 반드시 가까운 것부터 먼저 행하라' 그렇다. 우리의 속담에 '천 리 길도 한 걸음부터'라는 말과 같은 뜻이다.

» 논어

**밤새도록 달을 쳐다봄은 경치를 좋아해서가 아니요, 종일토록 낚시를 드리우고 있음은 물고기에 뜻이 있음이 아니다.** 최역이 화담 서경덕의 제자로서 수학할 때 지은 시의 한 구절이다. 화담이 이 시를 보고 난 후 도체(道體)를 읊었다라고 감탄했다고 한다. 예나 지금이나 인간이 달을 쳐다보는 것은 그 달이 좋아서가 아니요, 낚시를 드리우는 것은 물고기를 잡으려는 것이 아니라 더 깊은 뜻이 담겨져 있다.

» 최역

**평생을 두고 길을 양보해 보았자 백 보를 넘지 않는다. 평생을 두고 두렁을 양보해 보았자 일단보(壹段步)까지 잃지 않는다.** 중국 당나라의 사서(史書)의 하나인 '당서'의 주경칙전(朱敬則傳)에 나오는 말이다. 남에게 양보를 조금해도 크

게 손해가 되는 것이 없다. 하여 양보할 것은 양보하라는
뜻이다.

» 당서

어른이나 아이에게 어떤 물건을 탐내게 하려면, 그것을 손
에 넣기 어려운 것으로 생각하게 해준다. 우리에게도 많이
읽히고 있는 '톰 소여의 모험'에서, 주인공 소년이 어느 날
아침 냇가로 놀러 나갈 생각을 하는데, 아주머니가 소년에
게 갑자기 담장의 페인트칠을 하라고 한다. 얼마 후 친구들
이 톰을 데리러 오자, 톰은 그 싫증나는 일을 친구들에게
떠맡길 생각으로, 페인트칠이 몹시 재미있는 척한다. 톰을
데리러 온 친구들은 그 모습을 보고는 자기들도 그 일을 해
보고 싶어져서 저마다 '나도 좀 해보자'라고 톰을 조른다.
아이들이 교대로 일을 하자 페인트를 칠하는 것은 금방 끝
난다. 이는 우리에게 지혜를 가르치는 말이다.

» 마크 트웨인

이웃 사람을 항상 깊이 사랑하는 것은 타인의 마음인 영원
한 것을 사랑하는 것이다. 평소에 이웃 사람을 사랑하고 자
비로써 대하면 어떤 난관에 봉착하더라도 반드시 누군가의
도움을 받을 수 있다. 세상을 사는데 있어서 혼자 산다고
생각하는 것만큼 위험한 것은 없다. 이 세상은 혼자 사는

것이 아님을 항상 명심해야 한다.

» 마테를링크

부하의 잘못을 자기의 책임으로 돌리는 사람은 훌륭한 지도자이다. 어리석은 지도자는 자기 잘못까지도 부하의 책임으로 돌린다. 부하의 신망을 얻고 또 그들을 잘 따르게 하는 방법은 사랑으로 대하면 된다. 또 부하가 어쩌다 저지른 실수에 대해서도 책망만 하지 말고 그 책임을 자신이 진다는 생각으로 처리하면 모든 일들이 원만해진다.

» 마치니

참외밭에서는 신끈을 고치지 않고, 자두나무 밑에서는 갓끈을 고쳐 매지 않는다. 중국 양(梁)나라의 소명태자(昭明太子) 숙통(肅統)이 엮은 '동문선'에 나오는 말이다. 남의 참외밭 근처에서 신끈을 고치다가는 참외를 땄다는 오해를 받을 수가 있고, 자두나무 밑에서 갓끈을 고치다가는 자두를 땄다는 오해를 받는다는 말로써 모든 행동을 조심해야 한다는 것이다. 괜한 오해를 받을 짓은 아예 하지 않으면 되는 듯이다.

» 동문선

**남이 귀하게 여기는 것을 귀하게 여기지 않고, 남이 탐내는 것을 탐내지 않는다.** 과연 이 시대에 이 말을 곧이곧대로 행하는 사람이 있을까. 그 시대 박인로는 그랬다. 그는 그의 전답을 탐내는 자에게 양보하고 안빈(安貧)으로 평생으로 산 어진 선비였다.

» 박인로

**지자(智者)도 천려(千慮)에 일실(一失)이 있다.** 사기(史記)의 회음후전(淮陰候傳)에 나오는 말이다. 사람은 아무리 아는 것이 많아도 완벽하지 못하다는 뜻이다.

» 사기

**성공하면 오래 머물지 말 것이다.** 사기(史記)의 채택전(蔡澤傳)에 나오는 말이다. 당시의 성공이란 대개가 관계(官界)에서의 성공이었던 만큼, 높은 관직에 오르더라도 그 자리에 오래 머물지 말아야 한다는 뜻으로 들린다. 이는 중국뿐만 아니라 우리의 역사에서도 높은 관직에 오래 머물다 큰 화를 당하는 예가 없지 않았다. 경고한 말이 아닌가 한다.

» 사마천

**스스로 아는 자는 남을 탓하지 않는다.** 중국 전국시대의 유학자 순자의 말이다. 스스로 장단점을 잘 아는 사람은 모함

에 빠지더라도 결코 남을 탓하지 않는다는 뜻이다. 중국 전
한의 유안(劉安)이 역은 회남자(淮南子)에도 이런 말이 있
다. '자기를 잘 아는 자는 남을 탓하지 않는다'

» 순자

유쾌한 기분을 항상 유지할 수 있는 중대한 비결이 있다.
즉 쓸데없는 일에 신경을 쓰지 말고, 어떤 사소한 의무이건
그것을 다 이행하는데서 큰 만족을 느끼는 것이다. 마지못
해 의무를 이행하는 샐러리맨은 결코 직업에 충실할 수 없
다. 또 근무시간에 잡담이나 사적인 행동을 해서는 안 된다.
사소한 직무에도 자기의 정열을 다 쏟아 보라. 승진 같은
것에 신경을 쓰지 않아도 됨은 물론 이거니와 동료들의 선
망의 대상이 될 것이다.

» 스마일스

하늘이 내리는 재앙은 혹 피할 수 있으나, 사람이 스스로
지은 재앙은 피하지 못한다. 서경(書經)의 태갑중편(太甲中
篇)에 나오는 말이다. 크고 작은 사건, 사고, 재해 등 그 원
인을 분석해 보면, 대개가 사람들에게 잘못이 있다. 조금만
주의했더라도 그와 같은 것들은 일어나지 않았을 것이 아닌
가. 개인의 문제도 이와 다를 게 없다. 세심한 주의를 기울
여야 한다. 그렇지 않으면 사소한 재앙도 피하기 어렵다.

» 서경

마음을 정결하게 하여 모든 증오의 감정을 멀리하면 젊음은 오래 보존할 수 있다. 아름다운 부인들도 대개는 먼저 얼굴부터 나이를 먹는다. 나이가 들면 들수록 또 다른 아름다움을 몸에 지니는 사람도 있다. 더구나 '여성의 몸은 우아한 연령을 보내야 한다'라는 말이 있다. 우아한 연령은 몸에 많이 지닐수록 그 연령만큼의 아름다움을 유지할 수 있기 때문이라고 한다. 하지만 이 우아한 연령은 마음만으로는 어렵다. 젊을 때부터 끊임없이 자기를 가꾸어야 가능해 진다.

» 스탕달


형제가 울안에서는 싸워도 밖에서는 모욕을 막는다. '형제가 집안에서는 저희끼리 싸워도, 밖에 나가서 그 중의 누가 모욕을 당하면 힘을 합친다'는 뜻이다. 이 말은 반드시 한 집안의 형제에게만 해당되는 것뿐 아니라 직장이나 사회, 민족이나 국가 등 모든 집단에 널리 적용된다. 특히 잘난척하는 사람일수록 자기가 속해 있는 집단 내부의 문제를 외부에 나가서까지 떠들어대는 사람이 적지 않은데, 그래서는 안 된다. 내부의 문제는 반드시 내부에서 해결해야 한다.

» 시경


의심은 암귀(暗鬼)를 낳는다. 마음속에 의혹을 품고 있으면 어둠 속에서 존재하지도 않는 귀신의 모습을 보게 된다. 사람을 대할 때도 마찬가지로 의심을 가지고 상대하면, 자기 편일 수 있는 사람까지도 적으로 착각하게 된다는 뜻이다.

» 열자

**이 세상 모든 것은 모두가 마음가짐 탓이다.** 원효가 일찍이 의상(義湘)과 함께 서유(西遊)를 하려고 당주계(唐州界)에 이르러 길가의 토굴 속에서 큰 비를 피했다. 아침에 일어나 보니 그곳은 무덤 속이었고, 그 옆에는 해골이 뒹굴고 있었다. 그래서 이튿날은, 근처의 바위틈에 기대어 밤을 새웠는 데, 이번에는 귀신이 나와서 크게 놀라 탄식하며 하는 말이, '전날 밤은 무덤을 토굴이라고 생각하고 잠을 잤는데도 편안하게 잘 수 있었다. 간밤에는 그것을 피해 바위틈에서 잤는데도 그렇지 못했다' 생각에 따라 토굴이니 무덤이니 하는 구별이 없어진다. 이 세상 모든 일은 마음가짐 하나에 달려있다.

» 원효

**성인(聖人)은 사람을 두려워하지 않고 오직 입을 두려워한다. 진실로 입만 삼가면, 행세하는데 무슨 두려움이 있겠는가.** 동국이상국집(東國李相國集) 제1권에 있는 말이다. 새삼 말의 중요성을 깨우쳐 주고 있다. 동서고금을 막론하고 말 한마디 잘못으로 목숨을 잃거나 또는 말 한마디를 잘해 뜻밖의 행운을 잡는 예는 많다. 위의 말은 당시 무인정권 밑에서도 명성을 떨친 이규보 자신의 체험에서 우러나온 말이 아닌가 한다.

» 이규보


**남을 흉내를 내지 말라.** 섣불리 남의 흉내를 내다가는 크게 낭패할 염려가 있다는 뜻이다. 우리 주위를 살펴보다 보면 남의 사업이 잘 된다고 섣불리 달려들었다가 모든 재산을 하루아침에 날려 버리거나, 심지어는 목숨까지도 버리는 것을 종종 보게 된다. 독자적인소질이나 능력을 계발해서 스스로 일어서야 한다.

» 이솝


자기가 나설 무대가 아닌 곳에 함부로 나서지 말라. 세계에는 빈 곳이 얼마든지 있다. 어디에나 함부로 나서는 사람은 대개 자기의 능력이 없는 자이기도 하고, 자기의 천직을 자각하고 있지 못한 자이기도 하다. 자기가 나설 때도 아닌데, 약방의 감초처럼 안 끼이는 데라곤 없는 사람이 있다. 이런 사람치고 무엇 하나 제대로 하는 게 없다. 제대로 될 리도 없다. 무엇보다 이런 사람이 돼서는 안 된다

» 입센

장자(長者)의 만등(萬燈)보다 빈자(貧者)의 일등(一燈). 부자의 허영심에서 나온 많은 기부에 이르기보다는, 아주 적더라도 가난한 사람의 진심에서 나온 기부가 훨씬 더 소중하다는 뜻이다. 이런 일화가 있다. 일찍이 석가(釋迦)의 가르침을 따라 불교에 귀의한 아도세왕은 석가가 죽은 뒤, 석가가 설법하던 기원정사(祈園精舍)에 가서 공양하고 돌아올 때 그의 궁전까지 길가에 많은 등불을 밝히게 했다. 그때 가난한 노파 한 사람이 얼마 안 되는 돈으로 석가를 위해서 한 개의 등불을 구해 밝혀 놓았다. 얼마 후 왕이 바친 등불들을 기름이 떨어져 불이 꺼졌으나, 노파가 바친 등불만은 기름이 떨어진 뒤에도 오래도록 밝게 비쳤다고 한다.

» 아도세왕수결경

옛 것을 거울로 삼는 것보다 지금을 잘 살피는 것이 중요하며, 남의 일을 살피는 것보다 나 자신을 반성하는 것이 더 중요하다. 이 일성록(日省錄)은 당시 규장각(奎章閣)에서 엮은 일기체의 역사 기록이다. 옛 것을 거울삼아 거기에 따르는 것보다, 지금의 형편을 잘 살피는 것이 더 중요하며, 남의 잘못을 살피는 것보다 나 자신의 잘못을 고치는 것이 더 중요하다는 뜻이다. 이는 곧 자기의 단점은 고치려 하지 않고 남의 흉만 보는 그릇된 습성을 나무라는 말임을 명심해야 한다.

» 일성록

마땅히 할 바를 하라(위기소당위: 爲其訴當爲). 이 말은 정상기 그 자신이 평소에 스스로를 책려한 계명이다. 그는 젊었을 때부터 '선비가 궁해서 집 안에만 있다 하더라도 뜻은 항상 경세제민(經世濟民)에 두어야 한다'라며, 비실용적인 문자는 일체 경계했다는 일화를 남겼다. 이런 정신을 가진 그였기에 당시의 학자들이 생각지도 않았던 우리의 동국지도(東國地圖)를 제작하기에 이르렀는지도 모른다. 사람으로 세상에 태어난 이상 마땅히 할 바를 해야 한다.

» 정상기


모든 자극적인 물질은 인생을 행복하게 할 가능성을 말살한다. 그 중에서도 가장 몹쓸 것은 알코올과 마약이다. 그것들은 하나님의 자손을 동물의 수준에까지 끌어내린다. 알코올로 인해서 빚어지는 허다한 과오 때문이다. 하지만 아주 없앨 수도 없는 것이 알코올 즉 술이다. 다만 음주에 의해서 가정이나 사회의 질서를 어지럽히거나 그럴 위험이 있는 사람은 반드시 절주를 해야 한다. 마약은 자기도취를 조장하고, 또 사회적인 문제가 크므로, 금해야 한다.

» 존슨


숨기는 것보다 더 잘 드러나는 것은 없다. 희미한 것보다도 더 분명한 것은 없다. 그러므로 군자는 혼자일 때를 조심한다. '남이 알지 못하게 숨겨 놓으면 된다' 만일 이런 생각을 한다면 큰 잘못이다. 남이 알지 못하더라도 자기가 숨겨놓은 이상은 분명한 사실로 존재하기 때문이다. 언젠가는 꼭 드러나게 되어 있다. 또는 부정한 짓은 제아무리 남모르게 저지른 것이더라도 살아있는 동안은 언제나 마음속의 상처로 남아서 괴로움을 느끼게 한다. 그러므로 군자라고 할 만한 사람은 남이 보는 앞에서는 말할 것도 없고 혼자일 때도 더욱 조심해야 한다.

» 중용

양기(陽氣)가 발(發)하는 곳에 금석(金石)도 뚫린다. 정신(精神)이 일도(一到)하면 무슨 일이건 할 수 있다. 만물의 발생을 돕는 기운이 발동하면 쇠나 돌도 뚫리고 정신을 한 곳에 집중하면 무슨 일이건 다 할 수 있다는 말이다. 우리 속담에도 '한 우물을 파라'는 말이 있기도 하다. 오늘날은 직업도 다양하고, 이 일 저 일 여러 가지에 손을 대는 사람들이 많다. 그러다가 인생을 실패로 끝내는 사람이 수없이 많다.

» 주희

보배를 얻으려면 가죽 주머니(肉身)를 놓아 버려야 한다. 그가 수심결(修心訣)에 남긴 말이다. 이에 앞서 다음과 같은 말이 나온다. 부처님은 내 마음을 떠나서 따로 없다. 부처님을 어찌 밖에서 찾으려 하느냐? 내 마음을 살펴야 한다. 부처님 말씀에, 한 생각 깨끗한 마음이 참다운 보배로다. 일곱 가지 보배로써 아무리 많은 탑을 쌓는다 해도 이만 못하다. 한 생각, 깨끗한 마음은 진리를 깨닫는다'

» 지눌

**한 마리의 개가 그림자를 보고 짖으면 만(萬)마리의 개가 그 소리에 따라 짖는다.** 후한(後漢)의 왕부(王符)가 엮었다는 유교적 정치론인 '잠부론(潛夫論) 의 간난편(艱難篇)'에 나오는 말이다. 이는 한 마리의 개가 짖는다고 해서 그 소리에 따라서 덩달아 짖어대는 어리석음을 범하지 말라는 뜻이다. 그 그림자의 정체를 잘 파악해서 짖을 것이면 짖고 그렇지 않으면 짖을 필요가 없다.

» 잠부론

**성실(誠實)은 인간이 가질 수 있는 가장 고상한 것이다.** 자기가 할 일을 어떤 의무감 때문에 하는 것과 일에 대한 감사의 뜻을 가지고 성실하게 하는 것은 차이가 있다. 그뿐 아니라 그에 따른 응분의 대가를 받게 된다. 그런데 성실을 다하지 않고 무엇을 바라겠는가?

» 초서

남에게 베푼 것은 반드시 생각 마라. 남에게서 은혜를 입은 것은 반드시 잊지 말라. 남에게 베풀더라도 굳이 기억하지 말고 빨리 잊으라는 뜻이다. 베푼 사람은 자칫 교만해지기 쉬운데, 그렇게 되면 상대는 오히려 짐스럽게 여기게 된다. 또한 남에게서 은혜를 입은 사람은 꼭 기억했다가 그에 보답해서 감사의 뜻을 나타내야 할 것이다.

» 최원


성실은 만사(萬事)의 대본(大本)이며, 모든 재능의 최대 요소이다. 성실(誠實)이란 거짓이 없고 참됨을 말한다. 이는 곧 크고 중요한 근본이며 인간이 갖는 모든 재능의 크고 큰 요소란 뜻이다.

» 칼라일


연속은 무슨 일에 있어서나 불쾌한 느낌을 준다. 아무리 좋은 일이더라도 너무 오래 지속되면 싫증이 나기 마련이다. 불쾌감을 느끼게 되는 것은 당연하다.

» 파스칼


위험을 예견하고, 그것에 몸을 던지기에 앞서 그것을 두려워할 필요는 없다. 그러나 그것에 빠져 들어갈 때는 위험을 경멸하는 수밖에 다른 도리가 없다. 예나 지금이나 우리 인

간의 생활에는 허다한 위험이 도사리고 있다. 그 위험에 직
면했을 때는 그것이 얼마나 위험한가를 깨닫고, 신중을 기
하지 않으면 안 된다. 그러지 않고 두려워만 하면 그 위험은
결코 극복할 수 없게 된다.

» 페넬롱

**자율(自律)을 위한 13가지 덕목(德目).** 24~25세 때 스스로
정해 놓고 생활의 규범으로 삼았다는 13가지 덕목은 아래와
같다.

1. 절제(節制) – 너무 배가 부르도록 먹지 말라. 너무 취하도
   록 마시지 말라.
2. 침묵(沈默) – 자기에게나 남에게나 이롭지 못한 것은 말하
   지 말라. 쓸데없는 말은 듣지 말라.
3. 규율(規律) – 물건은 모두 정해진 곳에 두라. 일은 모두
   정해진 때에 하라.
4. 결심(決心) – 할 수 있는 일을 결심하라. 결심한 것은 실
   행하라.
5. 절약(節約) – 이롭지 않은 일에는 돈을 쓰지 말라.
6. 근면(勤勉) – 시간을 허비하지 말라. 항상 유익한 일에 종
   사하라. 쓸데없는 행위는 절대로 하지 말라.
7. 성실(誠實) – 술책을 써서 남을 해롭게 하지 말라. 공평무
   사하게 생각하라. 어떠한 말을 할 때에도 그와 같이 하라.
8. 정의(正義) – 타인의 이익을 손상시키지 말라.

9.  중용(中庸) – 극단(極端)을 피하라. 분개해야 할 만한 불법에 대해서도 분노를 삼가라.
10. 청결(淸潔) – 신체, 의복, 주거에 불결한 데가 없게 하라.
11. 평정(平靜) – 피할 수 없는 일에 부딪쳐도 침착하라.
12. 순결(純潔) – 성교(性交)는 건강이나 자손을 위해서만 행하고, 이에 탐닉(耽溺)해서 머리를 썩이거나, 건강을 해치거나, 자타(自他)의 평안(平安) 또는 신용을 손상(損傷)하는 짓은 하지 말라.
13. 겸양(謙讓) – 예수와 소크라테스를 본받으라.

» 프랭클린

**남에게 의지하지 말라.** 우리의 주위에서는, '남을 믿고 의지했다가 낭패를 보았다'는 말을 흔히 듣게 된다. 특히 오늘날과 같이 개인 간의 경쟁이 심하고 이기주의가 팽배한 시대에 있어서는 저마다 자기중심적인 면이 강하기 마련이다. 더구나 그러한 현실을 직시하지 않고 남에게 의지하려 한다면 잘될 일도 잘 되지 않기 십상이다.

» 한비자

사람의 미혹(迷惑)에는 세 가지가 있으니, 식색(食色)에 혹하면 집안을 망치고, 이권(利權)에 혹하면 나라를 망치고, 도술(道術)에 혹하면 천하를 망친다. 우리가 보람을 느끼는

것은 가정, 사회 또는 국가에 어떤 형태로든 다소나마 이바
지했을 경우이다. 하지만 식색, 이권, 도술 등 부질없는 것
들에 사로잡히면 오히려 자기 일신은 물론 집안이나, 나라
나, 천하를 망칠 뿐만 아니라 자기 인생에 아무런 보람도
느끼지 못하게 되는 것이다.

» 홍대용

**비녀로써 지붕을 떠받쳐선 안 된다.** 중국 한 고조(漢高祖)의
손자인 유안(劉安)이 편찬한 '회남자(淮南子)'의 '제속훈(齊
俗訓)'에 나오는 말이다. 이 밖에도 나무로써 솥을 만들어선
안 된다. 각각 그것이 맞는 곳에 쓰고 그것이 필요한 곳에
주라고 기술 되어 있다. 이는 인재(人材)는 물론이거니와 모
든 물건은 무엇이나 다 맞는 곳에 써야 한다는 뜻이다.

» 회남자

**유언(流言)은 지자(智者)에게서 멎는다.** 소문이라는 것은 걷
잡을 수 없이 퍼져간다. 그러나 슬기로운 사람은 그것을 믿
지도 않는다. 때문에 그에게서 멎는다라는 뜻이다.

» 순자

**어려서 겸손해져라. 젊어서 온화해져라. 장년에 공정해져
라. 늙어서는 신중해져라.** 사람의 한평생을 네 시기로 구분

하여 행하기를 권유하고 있다. 철인다운 충고로 받아들여
진다. 인생의 그 시기를 구분해서 그 때마다 해야 할 일을
이르고 있다.

» 소크라테스

천리마는 항상 있지만 그것을 찾아내는 사람은 항상 있는
것이 아니다. 중국 당송 팔대가의 한 사람으로 문장에 뛰어
났던 한유는 비유어에 능했다. '천릿길을 하루에 달리는 훌
륭한 말은 언제나 있지만 그 훌륭한 말을 찾아내는 사람은
언제나 있는 것이 아니다'라는 이 말은 훌륭한 인재는 늘 있
게 마련이지만, 그의 능력을 발휘할 수 있도록 찾아내는 사
람은 늘 있는 것이 아니라다는 뜻이다.

» 한유

문: 급할 때는 무엇을 하는 것이 제일 좋은가. 답: 아무 일
도 하지 않는 것이다. 우리 속담에도 아무리 급해도 실을
바늘허리에 꿰어 쓸 수는 없다라고 했다. 하지만 사실 마음
이 급해지면 이성(理性)이 제 기능을 발휘하기 어렵다. 다
급할수록 주도면밀한 계획 하에 일을 진행시켜야 할 것이
다. 톨스토이가 '급할 때는 아무 일도 하지 말라'고 한 이
말은 급할 수록 한 번 더 생각해 보라는 뜻이다.

» 톨스토이

커다란 위험이 가로놓인 것은 현명함과 어리석음이 상반하고 있을 경우이다. 이는 현명함과 어리석음이 상반하고 있을 때가 곧 커다란 위험이란 뜻이다. 우리는 괴테의 이 말이 아니더라도 어떤 일이든 신중히 대처해야 한다.

» 괴테

속아서 행복한 것은 참다운 행복이 아니라는 것을 잊어서는 안 된다. 높은 정신적 자부심 속에서, 아무리 잠시 동안일지라도, 우리들이 스스로 느끼는 행복은 막연한 맹신으로 오랜 세월 도취되는 그런 행복보다도 훨씬 크다는 것을 잊어서는 안 된다. 사람은 누구나 행복하기를 간절히 바란다. 그러기 위해 또 온갖 힘을 기울이곤 한다. 그러나 그것이 어떤 경우이든 우리가 스스로 느끼는 행복이 훨씬 더 큰 의미를 지닌다.

» 하이네

돈을 지나치게 많이 갖고 있는 건 돈을 지나치게 못 가진 것보다도 훨씬 괴로운 것이다. 돈을 지나치게 많이 가진 사람이 더 괴롭다. 그럴 바에야 차라리 못 가진 것이 마음 편할지도 모른다. 하지만 지나치게 경제적인 면을 무시하고 살아갈 수는 없잖은가? 어쨌거나 우리는 그것에 얽매이거나 괴로움을 당하는 일은 없어야 한다.

» 하이네

**버리는 것이 얻는 것이다.** 이를 우파니샤드(범어)에서는 이렇게 언급되어 있다. '그대는 버림으로써 얻을 것이다. 그대는 탐내지 말아야 한다' 이 말이 굳이 타고르의 우파니샤드적 해석이 아니더라도 버리는 것이 얻는 것임은 인류가 역사를 거듭해 오면서 깨우친 바 크다.

» 타고르

**화폐는 번식력을 갖고 있다.** 그는 그의 자서전에서 이렇게 말하고 있다. 이것은 곧 돈의 큰 특질이라고 할 수 있다. 영국의 박물학자인 레이가 말한 '돈이 돈을 낳는다'는 것과 같다. 한편 아리스토텔레스는 '마치 돈이 번식 능력이 있는 것처럼 보여, 돈이 돈을 낳게 하는 것은 부자연스럽다'라고 그의 '정치학'에서 말하고 있기도 하다.

» 프랭클린

**현자(賢者)는 새로운 사상을 생각해내고, 우인(愚人)은 그것을 편다.** 현자에 관한 경구는 수없이 많다. 우자도 천 번 생각하면 얻는 것이 하나 있다'라는 사마천의 어리석은 자에 대한 얘기도 없지 않다. 위의 하이네 말은 말뜻 그대로 지혜가 뛰어난 자가 새로운 사상을 생각해내면 어리석은 사람은 그것을 편다. 이는 곧 세상에 알린다는 뜻이다.

» 하이네

어리석은 행위의 제1단계는 자기 자신의 현명함에 자기도
취하는 것이며, 제2단계는 그것을 고백하는 것이고, 제3단
계는 충고를 경멸하는 것이다. 우리는 흔히 자기의 어리석
은 짓을 모르는 사람을 주위에서 보게 된다. 더구나 자기도
취나 남의 충고를 경멸하는 것은 어리석은 행위이기 전에
지탄받아야 할 나쁜 버릇이 아닌가 한다.

» 프랭클린

# 5

일과
성취에 대하여

일이 즐거우면 인생은 낙원이다. 일이 의무에 불과하면 인생은 지옥이다. 일은 자신의 몸과 정신에 이로운 것이요, 나아가 행복을 위한 최선의 방법이다. 이렇게 생각하면 일에서 즐거움을 느낄 수 있고, 인생을 낙원이라고 생각하게 된다. 그러나 일에서 아무런 즐거움도 느끼지 못한다면, 그것은 단지 생명을 연장하기 위한 고된 의무로 생각되는 것, 즉 지옥같이 괴롭기만 한 것으로 여겨지게 되기 마련이다.

» 고리키

인간의 생활이나 일생의 운명을 결정하는 것은 어떤 한 순간의 일이다. 이 명언은 이렇게 이어진다. '오래 의논을 한 끝에 결론이 있어지게 되면, 거의 한 순간에 결정이 내려진다. 결정에 앞서 이것이냐 저것이냐 하고 갈피를 잡지 못하면, 위험이 가중될 뿐이다' 여기서는 인간의 생활이나 일상의 운명이 결정되는 한 순간을 말하고 있다. 그렇다면 인간은 그러한 결정을 앞두고 미리부터 자기의 생활이나 운명의 방향을 생각해 두어야 한다. 그렇지 못하면 어느 한 순간 결정을 잘못 내려 불행을 스스로 초래하게 된다.

» 괴테

큰 나무도 가느다란 가지에서 시작되는 것이다. 10층의 탑(塔)도 작은 벽돌을 하나씩 쌓아 올리는 데에서 시작되는 것이다. 천 리 길도 한 걸음에서 시작되는 것이다. 마지막에 이르기까지 처음과 마찬가지로 주의를 기울이면 어떤 일도 해낼 수 있을 것이다. 전진해야 한다. 어떤 위대한 업적도 하룻밤 사이에 이룩 해낼 수 있는 기적 같은 것은 없다. 끝까지 처음과 같은 주의를 기울이면 어떤 일이든 해낼 수 있게 된다.

» 노자

오늘 할 수 있는 일에 전력을 기울이라. 흔히 우리들은 오늘 할 수 있는 일도 '이건 내일 해도 괜찮다'하고 대수롭지 않게 생각하면서 뒤로 미루는 경향이 있다. 그래서는 안 된다. 오늘 할 수 있는 일이라면 오늘 중에 온 힘을 다하여 해치워야만 하는 것이다. 속담에도 '일을 뒤로 미루는 사람치고 큰 일을 한 사람이 없다'는 말이 있다.

» 뉴턴

직업이라는 것은 생활의 주축이다. 우리들은 직업에 의해서 하루하루의 물질적인 생활을 유지해나가고 있을 뿐 아니라, 정신적으로도 안정을 얻을 수 있다. 요컨대 직업은 물질적으로든 정신적으로든 생활의 주축이 되고 있는 것이다. 니체는 그의 수상집 '인간적인, 너무나 인간적인'에서도 직업의 가치에 대해 이렇게도 말하고 있다. 직업은 인간을 안

정시켜 준다'고. 직업이 갖는 미는 크다고 할 수 있다.

» 니체

큰일에 착수한 경우에는 기회를 만들어내는 것보다도 눈앞의 기회를 이용하려고 힘써야 한다. 우리들이 어떤 큰일을 시작하려 할 경우에는 그 일에 합당한 기회를 만들어내어야 한다고 생각하기 쉽다. 꼭 그런 것이 아니다. 눈앞에 있는 기회를 활용하도록 해야 한다. 그렇게 함으로써 성취감을 맛볼 수 있다.

» 라 로슈푸코

생활을 위해 투쟁한다는 것은 정확하게 말해서 성공을 위한 투쟁에 불과하다. 이 말은 생활을 위한 투쟁은 곧 성공을 위한 투쟁에 지나지 않는다는 뜻이다. 하필이면 이를 투쟁이라고 하느냐는 사람이 있을지도 모른다. 하지만 성공의 이면에는 반드시 피나는 노력이 따른다는 것을 생각하면 이해가 되지 않을까 한다. 흔히 생활을 투쟁에 비유하는 것도 같다.

» 러셀

모든 사람은 다 같이 일하고, 또 생계(生計)를 세울 권리를 갖는다. 법률가도 이발사도 일의 가치에 있어서는 아무 차이가 없다. 이와 같은 평등사상은 남녀의 평등에 그치지 않고, 직업의 평등을 강조하는 데까지 미친다. 그것은 대체로 종교개혁의 시대에 루터, 칼빈 등이 모든 직업의 신성한 가치를 강조한 데에서 비롯된다. 오늘날에 와서는 동양에서도 사농공상(士農工商) 등의 차등 관념은 없어지고 있다. 그러나 아직도 육체노동을 천시하는 경향이 없지 않다.

» 러스킨

우리의 나태(懶怠)에 대한 벌(罰)로서는, 자기 자신의 불성공(不成功) 이외에 타인의 성공이 있다. 나태한 사람은 어떤 일에도 성공할 수 없다. 그것은 나태의 당연한 대가로서 더 큰 벌을 받게 된다. 이는 곧 타인의 성공을 부럽게 생각해야 하는 고통이 따른다는 것을 명심해야 한다.

» 르나르

성공이라는 것은 바람에 흔들리는 이삭의 물결과 같이 그것에 대해서 사람이 몸을 굽혔다가 그 뒤에 다시 몸을 일으키는 그러한 성공이 있을 뿐이다. 혹은 성공을 위해 폭력을 빌리는 자가 있는가 하면, 교묘하게 권력을 이용하는 자도 있다. 이런 것은 참된 성공이라고 할 수는 없다. 그렇다면 위의 릴케 경우의 성공관은 어떤 것일까? 사람이 몸을 굽혔다가 다시 일으키는 것과 같은 그러한 것이 아닌가 싶다.

» 릴케

노동에는 생활이라는 보수가 있다. 더구나 좋은 일에는 좋은 보수가 따른다. 창조라는 보수이다. 옛날 사람들의 말을 빌리면 이것은 하나님이 주시는 보수이다. 사람은 일을 함으로써 생활이 유지된다. 생활은 곧 우리의 노동에 따른 보수란 얘기이다. 더구나 좋은 일, 창의에 의해서 새로운 것을 만들어내는 일에는 훨씬 더 좋은 보수가 따른다. 옛날 사람들의 말은 하나님이 만물을 창조하셨다 듯이 창의를 발휘해서 새로운 것을 만들어내는 일에 종사하는 사람들이 받는 보수는 하나님이 주시는 것과 다름이 없다는 뜻이다.

» 모리스

가장 잘 견디는 자는 가장 잘 해낼 수 있는 자이다. 인내는 강한 사람을 만든다. 수단을 찾아낼 때까지 끊임없이 갈고 또 갈고 생각한다. 이 정도면 되겠지 하는 생각은 갖지도 않는다. 인내심은 일을 성취시키는 무형의 대자본이기도 하다. 무슨 일에든 이른바 한계라는 것이 있다. 이 한계를 잘 극복하느냐 못 하느냐는 그 사람의 인내심에 달려 있다. 하지만 우리의 주위에는 이와 같은 한계 잘 극복하고 견디는 사람들이 많지 않은 것 같다.

» 밀턴

하루를 일하지 않으면 하루를 먹지 않는다. 당나라 승려인 그는 백장산(百丈山)이란 곳에 살면서 선문(禪門)의 의식(儀式)제도를 확립하고, 선종(禪宗)의 독립에 필요한 기초를 닦아 놓은 사람이다. 그에게는 이런 일화가 전해지고 있다. 보통 승려들과 달리 그는 매일 일정한 시간을 밭에 나가 일하는 것을 하루도 거르지 않았다. 주위 사람들이 하루는 '저렇게 하루도 거르지 않고 일만 하면 건강에 해로울 것이 아닌가'하여 농기구를 모두 감추었더니, 그는 그 연장을 찾아다니며 그 날은 아무것도 먹지 않았다. 하루를 일하지 않으면 하루를 먹지 않는다.

» 백장회해

기회는 발견하였을 때 꼭 붙잡아야 한다. 성공한 사람들의 자서전이나 전기를 읽다가 보면, '기회를 잘 붙잡았기 때문이다'라는 구절이 흔히 눈에 띈다. 그렇다면 기회는 성공한 사람들의 전유물인가. 그렇지는 않다. 많은 사람들이 그것을 알아채지 못했거나, 또는 적극적으로 구하려 하지 않았을 뿐이다. 그런 까닭에 기회는 발견했을 때 꼭 붙잡아야 한다. 놓쳐서는 안 된다.

» 베이컨

노동에서 얻은 열매는 모든 쾌락 중에서 가장 맛있다. 위의
명언은 그의 저서 '잠언'의 한 구절이다. 이는 노동의 가치
즉 수확의 즐거움을 말하고 있다.

» 보브나르그

노동은 인생을 감미롭게 해주기는 하지만, 힘겨운 짐이 되
게 하는 것은 결코 아니다. 걱정거리를 가지고 있는 자만이
노동을 싫어한다. 노동의 대가는 우리의 육체와 정신의 안
정을 얻게 해준다. 그러므로 노동 즉 일은 우리에게 짐이
되게 하는 것은 아니다. 다만, 괴로움이나 걱정거리를 갖고
있는 자만이 노동 역시 귀찮아하게 될 뿐이다.

» 부르만

감사하며 받는 자에게 많은 수확이 있다. 감사하며 받는 자
에게는 얻어지는 것이 많다. 즉 수확이 많기 마련이다. 이
감사의 뜻이야 말로 한 분위기 속에서 살게 된다. 이 세상에
서 감사할 줄 모르는 사람처럼 가엾은 사람도 없다. 이런
사람은 자기의 능력에 맞지 않은 일에 덤비거나, 공연히 불
평을 늘어놓거나 한다. 끝내는 세상을 탓하고, 자포자기에
빠진다.

» 블레이크

청년에게 권고하고 싶은 말은 다음 세 마디뿐이다. 즉, 일하라, 더욱 일하라, 끝까지 일하라. 자기의 일에 만족하는 사람, 적당히 일에 임하지 않고 더욱 열심인 사람, 이런 사람이야말로 보다 나은 훗날을 기대 할 수 있는 사람이다. 그러나 대개의 사람들은 눈앞의 이익에만 급급할 뿐 일에는 열심이지 못하다. 일에 열중하려 하지 않는 그런 사람에게는 무엇 하나 되는 것이 없다. 그러니까 우리는 특히 젊은이들은 되도록이면 현실을 탓하거나 불평을 하지 말고 더욱 일에 열과 성을 다하여야 한다.

» 비스마르크

대행(大行)은 세근(細謹)을 돌보지 않는다. 사기(史記)의 '항우기(項羽記)'에 나온다. 이 말은 큰일을 하는 사람은 세세한 부분에 신경을 쓰지 않는다는 것을 뜻한다. 한서(漢書)의 '진탕전(陳湯傳)'에도 이와 비슷한 말이 나온다. '대공(大功)은 논(論)하는 자는 소과(小過)를 따지지 않는다'라는 것이다.

» 사기

공(功)은 이루기 어렵고 패(敗)하기 쉬우며, 때(時)는 얻기 어렵고 놓치기 쉽다. 옛날이나 지금이나 큰일은 이루기는 어렵고, 반대로 실패하는 경우가 더 많다. 또한 즉 기회는

누구에게나 이따금 다가오지만 많은 사람들은 그 기회를 활
용하지 못하고 그냥 놓치고 만다. 그만큼 기회는 얻기 어렵
고 놓치기 쉽다. 열자(列子)에는 '때를 얻는 자는 흥하고,
때를 놓치는 자는 망한다'라는 경구가 실려 있다.

» 사마천

아직 싸우지도 않고 묘산(廟算)으로 이기는 자는 헤아릴 것
이 많다. 아직 싸우지도 않고 묘산으로 이기지 못하는 자는
헤아릴 것이 적다. 헤아릴 것이 많으면 이기고, 적으면 이
기지 못하니 헤아릴 것이 아주 없는 경우야 말해 무엇 하랴.
이런 것을 보면 승부가 드러난다. 이는 중국 춘추시대 제
(齊)나라의 손무(孫武:그의 존칭이 손자이다)가 지은 저 유
명한 병서(兵書:손자병법에 나오는 말)이다. 묘산은 작전의
깊은 계획 또는 방략(方略)이란 뜻이다. 그러니까 싸움에는
계획을 잘 세운 자는 이기고, 그렇지 못한 자는 진다는 말이
다. 이러한 점은 군사 이외의 다른 분야에도 원용된다.

» 손자

달성하겠다고 결심한 목적을 단 한 번의 패배 때문에 포기
하지는 말라. 결심한바 목적을 가지고 일에 착수한다는 것
은 어떤 일에 있어서나 마찬가지로 매우 중요하다. 달성하
겠다는 결심이란 것은 확신을 갖는 것이다. 그러나 혹 경험

이 부족한 사람이 실패하면 곧장 물러나거나, 포기하고 만
다. 그래서는 안 된다. 성공한 사람치고 단 한 차례의 기도
로써 목적을 달성한 사람은 없다.

» 셰익스피어


**고귀한 인물은 좀처럼 자기의 운명을 탓하지 않는다.** 우리
는 어떤 일이 잘못되었을 때 흔히 '나는 왜 이렇게 운이 나
쁜가'하고 한탄을 한다. 그러나 꼭 그래야만 될까? 그렇지
않다. 우리의 주변을 살펴보면 오히려 그것을 바로 잡고 극
복하여 성공한 사람들이 적지 않다. 그런데도 스스로 운명
을 탓하거나 저주하는 그것만으로도 이미 인생의 패배자임
을 스스로 인정하는 셈이 된다. 아무런 노력도 하지 않으면
서 말이다.

» 쇼펜하우어


**9인(九人)의 공(功)을 1궤(一簣)로 잃는다.** 1인은 8척(尺)이
니까 9인은 72척이다. 산을 쌓을 때의 높이 등을 측량하는
데 쓰던 길이의 단위다. 궤(簣)는 삼태기. 그러니까 이는 곧
'72척의 높은 성을 쌓는데 마지막의 흙 한 삼태기라도 모자
라면 목적했던 성을 쌓지 못하게 된다' 이래서는 끝내 공을
세우지 못한다는 뜻이다. 공을 세우려면 아무리 힘들고 어
려운 일이더라도 끝까지 잘 마무리를 해야 한다. 일을 시작

해 놓았던 사람보다 뒤에 마무리를 잘하는 사람에게 그 공
이 돌아가는 것도 그 때문이다.

» 서경

**사람을 위대하게 만드는 것은 노동에 의해서 얻어진다. 문
명이란 것은 노동의 산물이다.** 예부터 사람을 가리켜 '만물
의 영장'이라고 말해 왔다. 그 근거는 인류가 쌓아올린 문명
에 있다. 만물 중에서 오직 인간만이 문명을 쌓아올린 것이
다. 그렇다면 그 문명이란 도대체 무엇인가. 그것은 곧 인
간이 오랜 세월에 걸쳐 거듭해 온 노동의 산물이다. 정신적
인 것이거나 육체적인 것이거나 간에 노동을 하지 않고서는
문명을 이룰 수 없기 때문이다. 이렇게 이루어진 문명은 우
리 스스로를 만물 중에서 가장 위대한 존재로 끌어올려 놓
았다. 그러므로 인간이 노동을 거부하거나 싫어하지 않는
한 우리 인류의 장래는 밝다.

하늘은 스스로 돕는 자를 돕는다. 자조론(自助論)에 남긴
말이 곧 위의 명언이다. 그 뜻은 남에게 의지하지 않고 스스
로 노력하면 하늘이 도움을 준다는 것이다. 이는 곧 어떤
일이든 스스로 노력하는 것을 중요시 하라는 의미를 갖고
있다.

계획은 일의 근본적 요소이다. 그것은 많은 일을 원만하게
성취시킨다. 현대와 같이 복잡한 정보화 사회에서는 모든

분야에서 빈틈없는 계획과 정확한 판단이 절대적으로 필요
하다. 계획성 없는 주먹구구식은 위험하기 짝이 없다. 일이
란 것은 무엇이나 계획에 따라 차근히 추진해야만 순조롭고
실패율도 적다.

모든 미완성(未完成)을 괴롭게 여기지 말라. 미완성에서 완
성에 도달하려는 노력이 필요하기 때문에 신(神)이 일부러
인간에게 수많은 미완성을 내려주신 것이다. 우리 인간에
게 어떤 의미에서는 완성이란 없다. 예를 들면, 과학은 앞
으로 어디까지 발달할지 알 수 없다. 우리들 인간의 지혜도
한계가 있는 것은 아니다. 정치, 경제, 예술 등 모든 것이
미완성 상태이다. 그러므로 미완성에서 완성에 도달하는
것이야말로 우리들의 목표가 아닐 수 없다. 꼭 그것만이 아
니다. 어디에든 쉼 없는 노력이 필요하다.

» 스마일즈


**인간은 의욕으로 창조함으로써만 비로소 행복해질 수 있다.**
그는 그의 저서 '행복론'에서 이렇게 말하고 있다. 인간은
자기가 하고 싶은 일을 스스로 힘껏 함으로써 행복해 진다
는 뜻이다. 또 이렇게 함으로써 창조를 하게 되는 것이다.

» 알랭

**일에는 규율이 필요하다.** 대개 우리는 매일 일정한 시간을 정해 놓고, 일에 열중하게 된다. 직장마다 일하는 시간과 휴식시간 등 일정하게 정해 놓는 것도 일에 대한 규율일 수 있다. 사회에도 규율은 필요한 것이다.

» 앙드레 모로아

**세상을 위해서 일하지 않으면 사는데 의의가 없다.** 삶의 의의를 세상 즉 인류를 위해서라고 했다. 일에 지쳐서 인생에 회의를 느끼는 사람은 이와 같은 명언을 참고했으면 한다. 모든 일을 신성하게 여기는 것도 그의 뜻과 다르지 않다. '과거는 모두 잊어버렸다. 나는 미래만을 보고 있다.' 이 말은 발명왕 에디슨이 81세의 탄생일에 신문기자에게 들려주었다고 한다. 그의 발명가다운 이 명언은 발명가가 아닌 사람들에게도 널리 적용될 수 있다. 모든 사람이 학문을 한다든가 일을 하는 것은 궁극적으로 우리 인류의 내일 즉 미래를 위해서라고 할 수 있기 때문이다. 여기서 과거는 모두 잊어버렸다란 말은 미래를 강조한 것이 아닌가 한다.

» 에디슨

**자신은 성공의 첫째 비결이다.** 어떤 일을 시작할 때에는 무엇보다도 '이런 일이라면 내 힘만으로 할 수 있다'는 자신감을 갖는 것이 성공의 첫 번째 비결이라는 뜻이다. 여기서 자신이라는 것은 어느 누가 보더라도 '이 사람이면 확신을 줄 수 있어야 한다' 그렇지 않고 막연히 '할 수 있겠지' 하는 생각으로 덤비거나 해서는 실패하기 쉽다. 따라서 어떤 일이든 실패하지 않으려면 먼저 자기의 능력이나 일의 성격을 잘 파악하여야 한다.

» 에머슨

일에 양다리를 걸치는 것은 금물이다. 만일 그대가 전자를 욕심내면 후자를 놓칠 것이다. 둘 다 욕심내면 그대는 그 중 어느 것 하나도 얻지 못할 것이다. 우리나라의 속담에, '두 마리의 토끼를 잡으려다 한 마리도 잡지 못한다'라는 말이 있다. 이와 같은 뜻이다. 처음부터 어느 하나를 택해서 그것 하나에만 온 정력을 기울여, 말 그대로 일로매진(一路邁進)하는 게 좋다.

» 에피쿠로스

노동을 사랑하라. 먹을 것을 얻기 위해 노동을 할 필요가 없는 사람일지라도 건강을 위해서 노동을 할 필요가 있을 것이다. 신체와 정신에 다 같이 유익하다. 노동을 하면 태타(怠惰)에 빠지는 것을 막을 수 있다. 우리는 노동 즉 일이라면 흔히 먹고 살기 위한 것으로만 생각한다. 그러나 노동은 우리의 건강을 위해서도 필요한 것이다. 또한 노동은 게으름에 빠지는 것을 막을 수 있으니 얼마나 좋은 것인가.

» 윌리엄 펜

행운아로 생각되는 사람도 그가 아직 살아 있는 한은 부러워하지 말라. 운수란 것은 그 날에 한정된 것이기 때문이다. 우리들은 행운아로 생각되는 사람을 몹시 부러워한다. 그러나 오늘 행운가 내일은 어떻게 될지는 아무도 모른다. 그러므로 굳이 그런 사람을 부러워할 필요는 없다. 우리에게도 '사람 팔자 시간문제'라는 격언이 있다. 이렇듯 인간의 행운이니 불운이니 하는 운명이란 것을 변화무쌍이랄까 아니면 매우 변덕스러운 것이다.

» 유리피데스

옹졸한 사나이는 벼슬을 얻지 못하였을 때에는 얻으려고 걱정하고, 벼슬을 일단 얻었을 때에는 그것을 잃을까 걱정한다. 참으로 벼슬을 잃을까 걱정하는 사람은 그 수단으로 무슨 짓이라도 한다. 벼슬이 곧 인생의 목적일 수 없다. 왜냐하면, 벼슬이란 국가나 사회를 위해 봉사하는 자리의 하나에 불과하기 때문이다. 그런데도 거기에는 뜻이 없고, 오직 자기의 명예욕이나 권세욕에만 집착하는 사람들이 많다. 이런 사람들은 이를 충족시키기 위해서 수단과 방법을 가리지 않는다. 이런 것들이 모두 부정부패의 원인이 된다.

» 이이

**부지런하면 재물이 생기고, 아끼면 궁핍하지 않다.** 성호사설(星湖僿說)에서 민생(民生)에 대하여 언급한 대목이다. 누구나 일을 게을리 하지 않고 부지런하면 재물이 얻어진다. 그렇다고 해서 모아진 재물을 아끼지 않으면 금방 바닥이 나기 마련이다. 그러므로 재물은 아끼고 낭비하지 말아야 한다.

» 이익

**노동이 있으므로 비로소 안락도 있고 휴식도 있다.** 육체노동이든 정신노동이든, 노동에는 반드시 고통이 따른다. 그러나 그러한 노동에서 잠시 해방되어 안락하게 휴식하는 기쁨도 그만큼 커진다. 그러나 생활의 여유가 조금 있다고 해서 하루 이틀 이렇게 놀다 보면 휴식이 괴로움이 된다. 이런 사람의 입에서는 하루가 지겹다는 소리가 나오기 마련이다. 그러므로 이처럼 할일이 없는 사람은 책을 읽거나 집을 청소하는 등 일을 찾아내어 해 보는 것이 좋다. 우리의 대사업이란 것은 먼 곳에 몽롱하게 있는 것을 찾아내는 것이 아니라, 눈앞에 분명히 있는 것을 행하는 것이다. 큰 사업에 성공한 사람들을 보면, 그들은 처음부터 그렇게 큰 사업을 착수했던 것이 아니다. 그들이 그렇게 되기까지는 눈앞에 있는 분명한 것을 찾아내어 연구하고 노력하여 차츰 자산을 늘려 마침내는 대사업을 이루어내게 된 것이다. 그러므로 우선 눈앞의 일부터 확실하고 성실해야 한다.

» 칼라일

**성공을 뽐내는 것은 위험하다. 그러나 실패에 함구하는 것은 더 위험하다.** 인생 특히 사업상의 실패는 부끄럽게 생각하거나 숨기려 해서는 안 된다. 물론 실패를 하지 않는 것이 최상이겠지만 인간이 하는 일에 실패가 없을 수 없으므로 그럴 까닭이 없는 것이다. 오히려 다소 실패를 경험삼아 그 실패를 되풀이하지 않도록 노력하는 것이 중요하다. 다만 성공했다고 해서 우쭐대거나 실패에 대하여 입을 꾹 다물고 있는 것도 좋은 일은 결코 아닌 것이다.

» 케네

**사람은 각각 그의 운명을 스스로 만든다.** 물질문명이 발달한 현대에서 살고 있는 우리들은 아직도 '운이 좋았다'든가 '사람의 뜻대로 되지 않는다' 하는 운명론을 곧잘 입에 올린다. 그럼에도 네포스는 자못 합리적이다. '우리의 운명이란 것은 결코 하늘이나 신이 지배하는 것이 아니다. 각자가 자기의 손으로 자기의 운명을 만든다'라고 말하고 있다. 인간의 노력을 강조한 말이 아닌가 한다.

» 코르넬리우스 네포스

일을 한다는 것은 모든 사람에게 있어서 중요한 일이다. 왜
냐하면 그것은 사람들에게 은혜를 베풀기 때문이다. 그러
므로 아이들에게 조금도 할 일을 주지 않는 것은, 아이들에
대해 장차 약탈을 위한 준비를 시키는 것과 마찬가지다. 아
이들이 자기 일을 스스로 할 수 있게끔 해주어야 한다. 혹
게으름이 습관이 되면, 그 버릇은 쉽사리 고칠 수 없게 된
다. 아이에게도 일의 중요성을 일찌감치 잘 인식시켜 주는
것은, 성장에도 많은 도움이 되기 때문이다.

» 탈무드

노동을 하지 않는 사람은 부유한 자이거나 가난한 자이거나
간에 모두 쓸모없는 존재들이다. 톨스토이는 노동에 대한
많은 잠언을 남기고 있다. 그의 '인생론'에서도 위의 말에
이어 다음과 같이 언급했다. 노동을 하지 않는 자는 쓸모없
는 존재들이다. '누구나 직접 손을 써서 일하는 참된 근로를
배우지 않으면 안 된다. 우리는 노동을 함으로써만 최상의
순수한 기쁨 한 가지를 알게 된다' 또 다음과 같은 말도 했
다. '노동을 한 뒤에 느끼는 휴식의 기쁨은, 그 노동이 어렵
고 힘든 것일수록 그만큼 클 것이다' '인간은 자기 자신의
이마에 땀을 흘려서 자기 자신의 빵을 얻어야만 한다'

» 톨스토이

인간은 자기가 매일 종사하고 있는 노동 속에서 자기 나름
의 세계관의 기초를 구하지 않으면 안 된다. 인간을 향상시
키는 것은 노동에 대한 성실한 태도이다. 따라서 우리는 안
목을 넓혀 자기 나름의 세계관을 구축하는 뜻이다.

» 페스탈로치

상업은 이익이 그 목적이라고 생각되어 왔다. 이것은 잘못
이다. 상업의 목적은 봉사에 있다. 이른바 상업도덕은 자못
숭고한 작업 정신에 그 기초를 둘 필요가 있다. 근래에 와서
상업도덕이 도외시되는 경향이 있다. 그 원인은 이익에 집
착한 나머지 그가 말하는 상업의 목적인 봉사에 대한 관념
이 희박해진 것 때문이 아닐까 생각한다. 이런 경향은 인간
상호간의 불뿐만 아니라 경계의 대상이 되고 있다.

» 포드

서 있는 농부가 앉아 있는 신사보다 높다. 이 말은 앉아서
놀고먹는 신사보다 서서 땀 흘리는 농부의 일을 높이 산다
는 말이다. '근로는 행운의 어머니이다' 일하면 행복해진다.
'게으르면 모든 것이 곤란해지고, 부지런하면 모든 것이 용
이해진다' 그만큼 노동 즉 일의 중요성을 강조하고 있다.

» 프랭클린

성공은 결과이지 목적은 아니다. 성공한 사람들은 자기의 일이나 직무에 게을리 하지 않았던 사람들이다. 이러고 보면 성공은 그 결과라고 할 수 있다. 그런데도 대개의 사람들은 성공을 자기 인생의 목적으로 삼곤 한다. 그러다 보면 곧잘 조급해진 나머지 수단 방법을 가리지 않게 된다. 자칫 부정을 저지르기 쉽다는 것이다. 우리는 목적보다는 그 결과를 중시해야 한다.

» 플로베르


가장 어려운 일은 명성을 획득하는 것이고, 다음으로 어려운 일은 명성을 생존 중에 유지하는 것이고, 또 그 다음으로 어려운 일은 명성을 사후(死後)에도 유지하는 것이다. 명성을 얻기란 쉽지 않다. 어떤 분야에 해박한 지식과 덕성을 갖춘 사람은 굳이 명성이 아니더라도 참으로 훌륭한 사람이라 할 수 있다. 명성은 또 많은 사람들의 신망이 있어야만 얻어지게 된다. 그런데 지금 각 분야에서 명성이 높다는 사람들, 그 명성이 과연 사후까지 유지될 수 있을까. 아니 그런 덕망을 갖춘 인사가 얼마나 되겠는가.

» 하이든


천 길이나 되는 둑도 누의(螻議) 구멍으로 해서 무너진다. 여기서 '누의'는 땅강아지와 개미, 풀이해 보면 천 길이나 되는 높고 튼튼한 둑 같은 것도 땅강아지나 개미가 파놓은 조그만 구멍들 때문에 무너질 수 있다는 것이다. 우리는 어떤 일이든 조심하고 사소한 잘못도 없도록 주의하지 않으면 안 된다. 언제 무슨 일을 당할지 알 수 없는 것이 세상 일이 아니겠는가.

» 한비자

내가 성공한 원인은 오직 근면에 있었다. 나는 평생에 단 한 조각의 빵도 절대로 앉아서 먹지 않았다. 우리는 흔히들 부지런한 사람치고 못사는 사람이 없다란 말을 주위에서 듣곤 한다. 위의 뒷부분에서 '단 한 조각의 빵도 절대로 앉아서 먹지 않았다'라는 말은 그런 말이 나올 수 있을 정도로 부지런히 일하지 않으면 성공할 수 없다. 더구나 현대처럼 경쟁사회에서는 더욱 그렇다.

» 웹스터

희망은 사람을 성공으로 인도하는 신앙이다. 눈이 멀고 귀가 멀고 말도 할 수 없었던 그녀의 말은 항상 감명 깊게 들린다. 희망은 우리에게 의욕을 돋구어 주고 노력의 결과로 성공을 거두게 한다. 이는 곧 희망을 신앙처럼 여긴 그녀의 삶이 녹여 있는 충고가 아닐까 한다.

» 헬렌 켈러

사람이 재물을 모으는 방법은 세 가지 밖에 없다. 즉 일하든
가, 걸식을 하거나 도둑질을 하는 것이다. 재물을 모으는
이 세 가지 방법 중에서 우리가 마땅히 취할 방법은 일을
하는 것 한 가지뿐이다. 걸식이나 도둑질은 인간으로서 권
장 할 일이 못된다. 그러나 우리 주위를 돌아보면 일을 하지
않고 걸식하거나 또는 도둑질이나 사기, 탈세 등 부정한 방
법으로 재물을 모으는 자들이 눈에 띈다. 이러한 경향은 특
히 도덕적 타락이 심한 사회일수록 매우 두드러지게 나타나
곤 한다.

» 헨리 조지

굶주림은 전혀 일하지 않고 빈둥거리는 자의 길동무이다.
그의 교훈적 서사시 '일과 나날'은 원래 방종하고 항상 그를
괴롭히던 아우 페르시스를 타이르기 위해서 쓴 것이라고 전
해지고 있다, 그러나 오늘날 우리가 명심해야 할 부분도 없
지 않다. 위의 말의 의미는 일하지 않고 빈둥거리는 자에게
굶주림은 길동무가 아니라 당연한 결과란 것이다.

» 헤시오도스

우리의 인생에서 가장 행복한 때라는 것은 일에 몰두하고
있을 때이다. 이는 그의 저서 '행복론'에 나오는 말이다. 인
간의 행복과 노동은 매우 밀접한 관계에 있다. 요는 우리

인간은 일에 몰두하고 있을 때가 가장 행복하다는 뜻이다.
사실 우리는 일에 몰두함으로써 모든 근심, 걱정을 쫓아버
릴 수 있다. 이에 또한 행복이 아니겠는가.

» 힐티

일하기란 나의 생각으로서는 먹는 것이나 잠자는 것보다는
더 인간에게 필요한 것이다. 아무리 노동이 신성한 것이고
그의 말대로 먹고 잠자는 것보다 인간에게 필요한 것이라지
만, 요즘 우리들은 너무나도 바쁘고 일에 많은 시간을 빼앗
기고 있다. 그러나 때로는 아무것도 하지 않고 행복한 시간
을 보낼 줄도 알아야 한다. 시간을 보낼 줄 알아야 한다. 이
를 두고 게으르다고 탓 하지는 못하리라. 또는 한낮의 더위
로 빛을 잃고 지쳐버린 몸과 마음을 소생시킨다는 것을 유
념했으면 한다.

» 홈볼트

# 6

정치와 사회에 대하여

인간은 누구나 하나님의 피조물(被造物)이다. 누구나 각각 신성한 불멸(不滅)의 힘을 갖고 있다. 그는 인도의 명문가 출신으로 영국에서 교육을 받고 변호사가 되었으나, 40세 이후부터 노동운동, 민족독립운동에 투신하였다. 그의 투쟁은 지배자인 대영제국에 그치지 않고, 당시 인도의 대다수 민중을 괴롭힌 계급제도의 철폐를 부르짖기도 했다. 그의 사상 근본은 인간은 누구나 신성한 불멸의 힘을 갖고 있다면서 비폭력 말에 나타나 있듯 무저항주의로 일관했다.

» 간디


신문을 읽지 않으면 나는 마음이 태평하고, 자못 기분이 좋습니다. 사람들은 너무 남의 일에만 신경을 쓰고, 자기 눈앞의 의무를 잊어버리기 쉽습니다. 왜 신문이라는 신문은 밝은 면보다도 어두운 면을 더 많이 알릴까. 아름다운 것, 선한 것은 뉴스로서의 가치가 없는 것일까. 하지만 신문이 결코 악을 권장하거나 어두운 면만 보도하는 것은 아니다. 그건 그렇고 예나 지금이나 그의 말처럼 사람들은 남의 일에만 신경을 쓰고 자기 눈앞의 의무를 잊어버리기 쉬운 세태를 어쩌랴. 못내 아쉬운 부분이다.

» 괴테

**악화는 양화를 구축한다.** 예를 들면 똑같은 단위의 금화일지라도 금의 함유량이 많고 적은 양화와 악화가 있을 때, 양화는 화폐로서 보다도 훨씬 더 유리한 다른 방면에 쓰이므로, 차츰 시장에서 모습을 감추고, 실제의 지불에 있어서는 악화만이 사용된다는 것을 뜻하는 말이다. 그러나 오늘날에 와서는 금본위제가 아니므로, 악화가 반드시 양화를 구축하게 되지는 않는다. 하지만 심리적으로 인플레이션을 자극하는 결과를 낳게 된다.

» 그레샴


**천하의 큰 변괴(變怪)가 세 가지이니, 아내가 남편의 자리를 빼앗는 것과, 신하가 임금의 자리를 빼앗는 것과, 기(氣)가 이(理)의 위치를 빼앗는 것을 가리킨다.** 율곡(栗谷)이래로 2백여 년 동안 우리나라 성리학계의 금과옥조(金科玉條)로 되어 있던 주기설(主氣設)을 반박한 글의 일부로서, 매우 함축성이 있는 말이다. 모든 사람들이 각자의 위치에서 자기의 의무를 다해야 한다는 말로 바꾸어 말이다. 대개 사회의 혼란은 분수를 모르는 주제넘은 행동이나 사람으로서 못할 도의에 어긋난 행동에 의해 야기 된다. 위의 변괴도 다름 아니다.

» 기정진

**천리마는 항상 있어도, 백락은 항상 있지 않다.** 하루에 천리를 달린다는 말은 어느 때에나 있기 마련이지만, 그런 명마를 알아보는 사람은 좀처럼 없다는 뜻이다. 그와 마찬가지로 인재는 세상에 아주 없지 않으나, 그를 알아보는 사람은 극히 드물다는 뜻도 된다.

» 한퇴지

**인간은 자기들이 자유롭다고 생각하지만, 천재나 전쟁이 있는 한은 결코 자유로울 수가 없다.** 천재나 전쟁은 여러 가지로 우리 인간을 구속한다. 그의 소설 '페스트'에서처럼 전염병이 크게 유행하면, 감염되지 않은 사람들까지도 다른 지역을 자유로이 통행할 수 없게 된다. 그 밖에 태풍이나 홍수, 가뭄 등 천재지변은 때로는 사람들의 목숨까지 앗아간다. 전쟁에 있어서는 시설물 파괴나 살상을 피할 수 없다.

» 카뮈

**인류가 한층 더 나은 미래로 나아갈 수 있게 되기를 진심으로 바란다면, 그 첫째 조건은 우리가 용서를 가지고, 공포에 지배되지 말아야 한다는 것이다.** 우리 인류가 보다 나은 미래로 나아가려면 우리는 새로운 세계관을 갖지 않으면 안된다. 세계를 하나로 생각하지 않은 이상 인류란 말을 쓸 수 없다. 요는 우리 모두 하루 빨리 공포의 지배에서 벗어나야 한다. 용서할 줄 아는 것도 한 방법이란 얘기이다. 어떤 한 국가의 평화나 한 지역의 평화만으로 전 인류의 미래가 이루어질 수는 없는 것이기 때문이다.

» 난센

가장 훌륭한 무기는 가장 큰 악을 낳는다. 지혜 깊은 사람은 무기를 이용하지 않는다. 그는 평화를 사랑한다. 그는 이기더라도 좋아하지 않는다. 전쟁에 이긴 것을 좋아한다는 것은 살인을 좋아하는 것과 같다. 살인을 좋아하는 자는 인생의 목적에 도달할 수가 없다. 그의 이 말은 2천5백여 년이 지난 오늘에도 빛을 발하고 있다. 이유야 어떻든 전쟁은 우리의 희망도 목적일 수도 없다. 원자력 즉 핵이 인류를 위해 도움이 될 것이라고 우리들 누구나 믿고 싶어 한다 그러나, 세계의 어디엔가는 또 이를 무기화하고 싶어 하는 호전주의자들이 있다. 그들이 곧 위의 노자가 말하는 살인을 좋아하는 자가 아닌가.

» 노자

전체는 개인을 위해, 개인은 전체를 위해 존재한다. 직장을 예로 들어보자. 직장마다 각각 독특한 분위기라는 것이 있다. 개인 그 분위기가 좋은 곳이라야 전체의 생산능력도 높고, 거기서 일하는 개인들의 기분도 유쾌할 것은 새삼 말할



133

필요가 없다. 따라서 우리는 항상 나 개인은 전체를 위해
존재감을 가져야 한다.

» 뒤마

우리는 사생활에서 이런 이상(理想)을 추구해 나아가야 하
지 않을까. 즉 사회가 진보하면 할수록 더욱더 사람들을 위
축시키지도 않고 또한 예속시키지도 않는 상태를 이상으로
삼아, 그것을 추구해 나아가야 하지 않을까. 사람은 누구나
보다 나은 사회를 희망한다. 의리나 인정을 저버리지 않고,
모두가 자유롭게 생활할 수 있는 사회야말로 이상적일 것이
다. 따라서 우리 개개인도 위축되지 않고 예속되지 않는 그
런 사회를 추구해야 한다.

» 러스킨

자유의 정신을 제대로 이해하기 위해서는, 물질적인 여러
부자유를 경험해 볼 필요가 있다. 왜냐하면, 자유의 정신이
라는 것은 자기 마음대로 가질 수가 있는 것이 아니기 때문
이다. 자유라는 것은 자기의 마음 내키는 대로 무엇이나 할
수 있다는 것은 아니다. 자기가 자유의 정신을 이해하기 위
해서는 물질적 부자유를 경험해야 한다는 것은 물질적인 것
들은 자기 마음대로 갖기 어렵다는 뜻이다.

» 루즈벨트

**산산조각이 난 집은 서 있을 수가 없다.** 이 말은 남북전쟁 직전인 1858년 그가 일리노이 공화당 대회에서 상원의원 후보자로 선출되었을 때 행한 연설의 한 구절이다. 그의 연설은 이렇게 이어진다. '나는 연방이 해체되는 것, 집이 쓰러지는 것은 바라지 않는다. 나는 다만 산산조각이 나지 않기를 바라고 있다' 우리의 속담에도 '사공이 많으면 배가 산으로 올라간다'라는 말이 있듯 한 가정이나 사회집단에 있어서도 의견이 일치되지 못하면 혼란이 있게 된다는 것을 비유한 말이다.

» 링컨

**천시(天時)는 지리(地利)만 못하다. 지리(地利)는 인화(人和)만 못하다.** 이는 그의 저서 '맹자'의 '공손축하편(公孫丑下篇)'에 나오는 말이다. 즉 '방각(方慤)가 요해(要害)한 것만 못하다. 또한 지세가 아무리 견고하다고 하더라도 사람들이 화합하고 협력하여 모두 일에 전심전력하는 것만 못하다'는 말이다. 바꾸어 말하면, 전쟁에 있어서는 인화가 가장 중요하고, 지리나 천시는 그 다음이란 뜻이다.

» 맹자

**일부 사람들이 자기네만 특별한 권력자라는 것을 아주 당연하게 생각하고, 또 서민이 자기네는 짓밟혀도 괜찮다고 아**

주 무기력하게 생각하고 있는 것을 보면, 나는 언제나 놀라
움을 느낀다. 정부의 각료나 고급관리라 해도 그는 한 사람
의 공복일 뿐이다. 그의 권력은 그 개인의 것이 아니란 얘기
이다. 그런데도 그들이 그 권력을 당연시하거나 서민들을
아주 무기력하게 생각해서는 안 된다. 공인으로서 도리가
아니다.

» 몽테뉴

동일한 인물 또는 직위에 입법권과 다 주어져 있을 때에 자
유는 존재하지 않는다. 사법권이 입법권 및 행정권과 분리
되어 있지 않은 경우에도 자유는 존재하지 않는다. 그는 그
의 저서인 '법의 정신'에서 삼권분립론을 내세워 미국의 독
립, 프랑스 대혁명 등에 크게 영향을 끼친바 있다. 위의 말
은 '법의 정신'에 씌어져 있다. 그 후로 그의 삼권분립론에
기초한 민주국가들이 속속 세워지고, 오늘날에 와서는 세
계 각국이 저마다 민주국가라 하고 있다. 그러나 과연 삼권
분립이 어느 정도 잘 되고 있는지, 또 자유는 얼마나 신장되
었는지 의문스런 나라도 없지 않다.

» 몽테스키외

국민의, 국민에 의한, 국민을 위한 정치. 이는 남북전쟁 당
시의 격전지 케티스버그를 찾아간 링컨이 행한 연설의 한

구절이다. 첫머리에서 전사자들의 명복을 빌고는, '그들이 여기에 없다 해도 결코 잊혀 지지 않을 것이다'라며 그의 연설은 이렇게 이었다. '여기서 싸운 사람들이 이제까지 추진해 온 미완성의 사어에 몸을 바쳐야 할 사람들은 우리들 자신이다. 그것은 이들 명예로운 전사자들의 죽음을 헛되이 하지 않기 위해, 또한 우리의 국가로 하여금 신(神) 앞에 새로운 자유를 탄생시키도록 하기 위해 그리고 국민의, 국민에 의한 국민을 위한 정치를 이 지상에서 중단하지 않기 위해서이다' 이와 같은 그의 명연설은 노예해방과 함께 우리의 뇌리 속에 오래 기억되리라 믿는다. 특히 위의 국민의 국민에 의한 국민을 위한 정치란 말은 정치지도자들에게는 더 없이 귀중한 교훈이 되리라.

» 링컨



정치에 있어서 거의 상식으로 되어 있는 것이 있다. 즉 건전한 정치생활을 위해 필요한 것은 질서 내지 안정의 정당과, 진보 내지 개량의 정당이라는 점이다. 오늘날 민주주의 국가에서는 대체로 2개 이상의 정당에 의하여 의회정치가 행해지고 있다. 이들 정당은 우리가 흔히 말하는 보수적인 정책정당과, 진보적인 정책정당 내지 혁신적인 정책정당으로 이루어지는 것이 보통이다. 이와 같은 정책정당들에 의해서 이른바 건전한 정치가 행해진다는 것이다. 이런 점이 오늘날 대개의 민주주의 국가에서는 상식화 되어 있다.

» 밀

다른 모든 자유 이상으로 알고 발표하고 양심에 따라 자유롭게 논의할 수 있는 자유를 주라. 위의 말은 밀턴이 당신 교회에 대하여 언론의 자유를 요구했던 글의 한 구절인데, 아직도 세계의 여러 나라에서는 정치적인 언론탄압뿐만 아니라 종교적인 문제로 자유를 구속당하는 일이 있는 만큼, 밀턴의 이런 외침은 공감을 불러일으키고 있다.

» 밀턴

대체로 재물은 우물과 같다. 퍼내면 차고, 버려두면 말라 버린다. 이는 '북학의(北學議)'의 시정편(市井篇)에 나오는 말이다. 다음과 같이 이어지고 있다. 그러므로 비단옷을 입지 않으면 나라에 비단 짜는 사람이 없게 되어 여공(女工)이 쇠퇴하며……, 이 말은 어떻게 보면, 소비를 권장하는 듯하지만 실은 물산은 장려하는 뜻이 담겨져 있다.

» 박제가

전쟁이나 폭동은 정신박약자, 믿기 잘하는 자, 들뜨기 잘하는 자, 즉 집단적인 인간행동이나 불안·동요의 소재(素材)

라는 자들의 숫자에 좌우된다. 전쟁이나 폭동은 몇몇 지도
자의 명령이나 선동에 의해서 일어난다. 그런 경우는 일본
제국주의나 독일 나치스의 예를 보아도 알 수 있다. 이와는
달리 그들의 부당한 명령이나 선동에 호응하지 않는다면 결
코 그와 같은 불행한 사태는 일어나지 않을 것이다.

» 발레리

모든 정치사회에 있어서의 통치의 적정한 목적은, 사회를
구성하는 모든 개인의 최대 행복, 바꾸어 말하면 최대 다수
의 최대 행복이다. 그의 주요저서 '도덕 및 입법의 원리 서
설(序設)'에서 쾌락을 조장하고 고통을 방지하는 능력이야
말로 모든 도덕 및 입법의 기본원리이다. 따라서 통치의 적
정한 목적 즉 정부의 목적은 최대 다수의 최대 행복을 실현
하는데 있다고 주장한 바 있다. 이는 곧 사회를 구성하는
모든 개인의 최대 행복이 정책의 목표가 되어야 한다는 뜻
이다.

» 벤덤

고위에 있는 인간은 3중의 노예이다. 군주 또는 국가의 노
예, 명성의 노예, 일의 노예이다. 이 말은 높은 지위에 오래
머물기 위해서는, 어떤 체제 속에 있거나 군주 또는 국가에
충성해야 하고, 명성을 유지하기 위해 부심해야 하고, 또

주어진 일에 열심이어야 한다. 이러고 보면 자기라는 의미를 잃어버릴 수도 있다. 그러므로 해서 위의 베이컨의 말처럼 고위직에 충실하려면 3중의 노예가 되지 않을 수 없다는 뜻이다.

» 베이컨

힘으로써 사람들을 지배할 수는 있다. 그러나 속임수만으로 사람들을 지배할 수는 없다. 어떤 분야에서나 높은 지위에 있는 사람은 대개 그 만한 실력을 갖춤으로써 아랫사람들을 지배한다. 그러나 더러는 그렇지 못한 경우도 있다. 이런 경우는 대개 아랫사람들을 강압하거나 회유하는 등 별별 속임수를 다 써서 지배하려 한다. 그러나 그 기간은 길지 않다. 요는 힘 즉 실력이지 속임수가 되어서는 안 된다.

» 보브나르그

현재 여성이 완전히 남성과 평등한 국가는 어디에도 없다. 대체적으로 제2차 세계대전 이후 세계 각국에서 널리 여성의 참정권이 인정되고, 사회적 지위가 크게 향상되었으나, 완전히 남성과 평등하게 되었다고는 말할 수 없다. 왜냐하면 여성에게는 흔히 직업의 선택이 한정되어 있고, 같은 직업에서도 여성의 급료는 남성보다 낮은 경우가 많다. 또 육아·가사 등의 부담이 따르고 있기 때문이 아닐까 한다. 즉 법으로는 남녀의 평등을 보장하고 있으나, 여성은 사회적으로나 정신적으로나 남성에게 의존하지 않는 것이 현실이다.

» 보봐르

왕후장상(王侯將相)에 어찌 씨가 따로 있느냐. 제왕(帝王)이나 제후(諸侯), 장수이나 재상(宰相)이 되는 것은 꼭 가문(家門)이나 가계(家系) 즉 씨에 따라서가 아니라 각자의 재능이나 노력에 달렸다는 뜻이다. 사마천이 엮은 사기(史記)에서, 오광(吳廣)과 함께 진에 반기(反旗)를 들어 한때 초왕(楚王)이 되었던 진섭(陣涉)의 말이다.

» 사마천

임금이 폭리(暴吏)의 구박과 강종(强從)의 수렴(收斂)을 방임하여 인심을 잃으면, 비록 정치를 해도 어지럽지 않게 하고 나라가 존속하게 망하지 않게 하려고 하더라도, 이는 독한 술을 마시고 취하지 않으려 하는 것과 무엇이 다르겠는가. 김부식이 엮은 삼국사기(三國史記) 고구려 본기의 마지막 대목인 사론에 나오는 말이다. 이는 인심을 잃음이 나라의 패망의 원인임을 독한 술에 비유하고 있다.

» 삼국사기

폭력으로써 우리들을 강압하는 것은, 우리들에게서 일체의 권리를 빼앗는 짓이다. 그러므로 우리들은 폭력을 혐오한다. 우리들을 설득할 줄 아는 사람들을 우리는 은인으로 여기고 사랑한다. 그러나 폭력을 쓰는 자는 조악하고 무지한 자뿐이다. 지혜 있는 사람은 결코 폭력의 편에 서지 않는다. 폭력을 쓰기 위해서는 많은 동조자가 필요하지만, 설득하는 데에는 동조자가 필요하지 않다. 국가나 단체, 또는 개인 사이 어디에도 꼭 폭력으로 해결해야 할 것이라곤 하나도 없다. 그러므로 지혜가 있는 사람은 절대 폭력 편에 서지 않는다. 폭력은 어떤 경우에도 현명한 방법이 못된다.

» 소크라테스


전쟁으로 출세한 자보다도 전사한 자의 숫자가 훨씬 더 많다. 전장에 나가 큰 무훈을 세웠다 하여 수여받은 훈장을 자랑하는 사람이 적지 않다. 하지만 예나 지금이나 전장은 혼자서 하는 것이 아니다. 현대의 첨단화된 전장에 있어서도 마찬가지이다. 그런데도 영광은 흔히 살아남은 몇몇 사람에게만 주어지고, 그들이 훈장을 받을 수 있기까지 함께 싸우다 죽은 많은 사람들은 그 이름마저 잊혀지고 있다. 그래서 예부터, 한 사람의 전장 영웅이 탄생하려면 병사 만여 명의 희생이 따른다고 하지 않았던가.

» 세르반테스

실로 제왕(帝王)의 야심이라는 것은 끝이 없는 것이다. 그의 풍자소설 '걸리버 여행기'에 나온 말이다. 그 무렵 영토 확장에 야심을 들어낸 세계 각국의 제왕들을 풍자한 이 말의 의미는 심각하기까지 했다. 그들의 한없는 야심 때문에 너무나 많은 백성들의 희생이 따랐다. 그러나 제왕들의 야심은 영토의 확장에 그치지 않았다. 영생, 쾌락, 권력, 명예 등 진시황의 예에서 보듯 너무 탐욕스런 경우가 많았다.

» 세르반테스


어떠한 정치적 연금술을 쓰더라도, 납과 같은 본능을 황금의 행위로 바꾸기는 어렵다. 대체로 선거가 있을 때마다 정치인들은 금방 연금술사가 된다. 이때만은 그들에게 불가능한 것이 하나도 없는 것같이 보인다. 마치 전지전능하신 하나님 같기도 하다. 이윽고 선거가 끝나면 그들이 내세운 공약은 겉치레임이 탄로 난다. 납은 납으로 그쳐야 한다. 화금이 될 수가 없다.

» 스펜서


핵전쟁에서는 승리자가 없다. 있는 것은 패배자뿐이다. 아직도 핵전쟁으로 자기네 나라는 반드시 이길 것이라고 믿는 사람이 있다면, 그는 핵전쟁에 대해서 무지하다고 할 수밖에 없다. 물론 핵전쟁에 있어서도 이른바 승리자니 패배자니 하는 구별은 있을 수 있다. 그러나 패배자는 말할 것도 없고 승리자도 전쟁이 끝난 뒤에 살아남을 것이라는 보증은 없다. 왜냐하면, 핵무기의 대량 투하에 의해 오염된 토양과 공기 등으로 얼마 가지않아 승리자를 포함한 전 인류를 위험에 몰아넣을 가능성이 크기 때문이다.

» 슈바이처

재벌이 있는 곳에는 반드시 불평등이 있다. 한 사람의 큰 부자가 있기 위해서는 5백 명의 빈민이 있어야 한다. '국부론(國富論)'은 19세기 세계 각국의 경제 정책의 기조가 되었던 명저이다. 위의 말은 이 '국부론'에 나온다. 이 말은 자본주의 체제 하에서 필연적으로 생기는 경제적 불평등을 자유주의자답게 솔직히 그리고 정확하게 지적한 것으로 평가 되고 있다.

» 애덤 스미스

전쟁은 짐승을 위한 것일 뿐이지, 인간을 위한 것은 아니다. 실로 흉악한 것이다. 그의 저서 '우신예찬(愚神禮讚)'에 나오는 말이다. 그 뒤에 다음과 같이 이어져 있다. 전쟁은 지옥의 추녀(醜女)들한테서 나온 광기착란으로서, 그것이 지나는 곳마다 평상의 생활을 버리는 페스트이다' 그 무렵은 페스트가 창궐(猖獗)했었지만 치료는커녕 그 방법도 전혀 없었던 시대이다. 그러나 오늘날에 와서는 의학의 발달로, 적어도 문명국가에서는 완전히 페스트를 추방하는데 성공했다. 그런데도 몇몇 국가에서 일으키는 전쟁을 아직껏 근절하지 못하고 있다. 오죽했으면 전쟁은 짐승을 위한 것이라고 했을까?

» 에라스무스

도덕이라는 것은 전 세계에 공통된 목적을 향한 의지의 진행이다. 이것이야말로 언젠가는 죽어야 할 인간 속에 존대하는 영원한 것이다. 도덕은 어떤 한 나라의 사람들이나 어떤 특정한 지역에 사는 사람들만이 중시해야 하는 것이 아니라, 전 세계 사람들의 공통된 목적이다. 그러므로 도덕은 때와 장소의 구별이 없이 지난 수 천 년 동안 한결같이 강조되어왔고, 지금에도 마찬가지이다. 도덕이야말로 영원한 것이다.

» 에머슨

국가의 명예는 국가의 안녕이나, 국민의 생활 자체보다도 더 중요하다. 사람들은 국가의 안녕을 가장 중요하게 여기기도 하고, 또 국민의 생활 그 자체를 중요하게 여기기도 한다. 그러나 이런 것은 대체로 대내적인 문제이고, 지금처럼 국제관계가 폭넓어지고 복잡한 시대에는 대외적인 국가의 명예가 중요시된다. 그리고 대외적인 국가의 명예를 높이기 위해서는 국가의 안녕이나 국민생활의 안정을 도모하게 된다. 왜냐하면 국가의 혼란이나 국민생활의 불안정은 대외적으로 국가의 명예를 손상시키는 원인이 되기 때문이다.

» 윌슨

비록 국가를 다스리기를 원하는 왕이 있어도 만일 토지제도를 바로 잡지 않으면 백성의 산업은 마침내 영구히 안정시키지 못하고, 부세(賦稅)와 역역(力役)을 고르게 하지 못하고, 군대를 정돈하지 못하고, 송사를 멎게 하지 못하고, 형벌을 줄이지 못하고, 뇌물을 막지 못하고, 풍속을 도탑게 하지 못할 것이니, 이와 같이 하고서 어찌 능히 정치와 교육을 잘해 나갈 자가 있으리오. 나라를 다스림에 있어 토지제도를 바로 잡지 못하면 다른 어떤 제도도 제대로 되지 않는다. 이를 바로 잡지 못하면 어찌 정치와 교육인들 잘 할 수 있겠는가?

» 유형원

국가가 유지되는 것은 인심에 의해서이다. 비록 위태롭고 곤란한 시기라도 인심이 굳게 뭉치면 국가는 편안하며, 인심이 떨어지고 흩어지면 국가는 위태롭다. 임진왜란 당시 국가의 전시대책을 세워 이를 극복하는데 큰 공을 세운 그

의 저서 '징비록(徵毖錄)'에 나오는 말이다. 이는 비록 위태
롭고 곤란한 때라도 인심이 모아지면 나라가 편안해진다는
그다운 충언이 아닌가 한다.

» 유성룡


사람에게 가장 귀한 것은 인륜(人倫)이요, 군신(君臣) 부자
(父子)의 관계는 인륜 중에서도 큰 것이니, 군(君)이 인(仁)
하고 신(臣)이 직(直)해야 나라가 되고, 부(父)가 자(慈)하고
자(子)가 효(孝)해야 집안이 되어 무궁한 복(福)을 누릴 수
있다. 예나 지금이나 사람이 사회생활을 영위하는 한 윤리
는 바로 서야 한다. 그렇지 못하면 임금과 신하, 또는 부모
와 자식의 관계가 무질서해진다. 위의 글은 1894년 4월, 전
봉준이 무장(茂長)에서 직접 쓴 것으로 전해지는 포고문(布
告文)의 첫 구절이다.

» 전봉준


세상에서 지극히 천하고 하소연할 곳 없는 자도 백성이지
만, 세상에서 무겁기가 높은 산과 같은 자도 백성이다. 백
성을 떠받들면 세상에 무서울 것도 못할 것도 없다. 이 말은
'목민심서(牧民心書)'의 '봉공편(奉公篇)'에 나온다. 과연
백성 한 사람 한 사람은 천하고 하소연할 데가 없는 것일
까? 그렇지 않다. 이런 백성의 신뢰가 없이는 국가나 권력

구조의 유지가 불가능해진다. 위의 말처럼 무겁기가 높은
산과 같은 백성도 떠받들면 만사가 태평하다.

» 정약용

법적으로는 타인의 권리를 침해했을 때 죄가 된다. 도의적
으로는 침해할 생각을 가진 것만으로도 죄가 된다. 어떤 경
우에도 남의 권리를 침해한다면 그것은 당연히 죄가 된다.
설사 악행을 실행하지 않았더라도, 그런 생각을 갖고 있다
면, 그것만으로도 죄가 될 수 있다. 남에게 의심을 받거나
또는 자유를 구속받기 싫으면 절대로 나쁜 생각, 나쁜 짓을
하지 않으면 된다는 말이다.

» 칸트

돈이 권력을 크게 흔들 수 있는 곳에서는 국가의 올바른 정
치나 번영을 바랄 수 없다. 모어는 우리나라에서도 그의 소
설 '유토피아'로 널리 알려져 있다. 위의 말은 그의 '유토피
아' 가운데 한 구절이다. 돈이 권력을 크게 흔든다. 즉 권력
이 부패한 그런 나라에서는 정치가 바를 수 없고, 나라의
번영도 기대할 수 없다.

» 토마스 모어

자선은 희생적일 경우에만 자선이다. 자선단체가 많다. 그러나 전화나 모금 상자 등으로 모은 돈을 자기들이 생색을 냄으로써, 사회적으로 존경을 받거나 출세하는 예가 적지 않다. 더러는 그렇게 모금 한 돈을 횡령하기도 한다. 참된 자선은 그런 것이 아니라, 자기희생이 따르기 마련이다. 몰래 타인을 불행에서 건져 주는 것이 아닐까.

» 톨스토이

우리의 정욕은 가장 잔학한 폭군이다. 한 번 정욕에 사로잡히면 우리는 숨을 쉴 기력조차 상실하고, 끊임없이 투쟁에만 전념한다. 이러한 자아애야말로 우리 영혼의 뇌옥이다. 참된 자유는 이런 자아애에서 해방될 때에만 비로소 얻을 수 있다. 정욕을 잔혹한 폭군이라는 뜻은 그로 인해 저지르는 무분별한 투쟁에 있다. 이러한 현상을 통칭 자아애라 하고 있다. 인간 상호간의 투쟁도 자아애에서 비롯되고 있다는 말도 무리는 아니다. 자아애를 영혼의 뇌옥 즉 죄지은 사람을 가두어 두는 감옥이라 하는 것은 그 때문이다. 개인의 자아애에서 해방되지 않는 한 우리는 결코 참 된 자유를 얻을 수 없다.

» 페늘롱

자선(慈善)과 존대(尊大)는 다른 목적을 갖고 있으나, 양자는 다 빈민(貧民)을 기른다. 선의를 베푸는 것과 학식이다. 인격이 높고 큰 그런 사람과 목적하는 바는 분명 다르다. 그러나 인격을 갖춘 사람의 사회적인 기여는 자선과 같을 수 있다. 그런데 불행한 사람들, 특히 가난한 사람들 중에는 남의 자선을 안이 하게 받아들여 그러려니 하고 아무 노력도 하지 않는 경우가 있다. 그런 의미에서는 둘 다 빈민을 기른다. 이러한 타성을 버리지 않으면 안 된다.

» 풀러

자유라는 것은 타인에게 피해를 주지 않는 한 무엇이나 다 할 수 있다는 뜻이다. 이 '인권 선언'은 1789년 8월 프랑스 혁명 당시 국민회의 결의에 의해 공포된 것으로, 인민의 자유, 평등의 권리에 관한 선언이다. 위는 그 제4조의 한 구절이다. 여기서는 어떤 자유이든 다른 사람에게 피해를 주지 않아야 한다는 것을 강조하고 있다.

» 프랑스의 인권 선언

정의는 영원한 태양이다. 세계가 그 태양의 도래(到來)를 늦출 수는 없다. 정의는 우리가 살아 있는 한, 개인이거나 국가, 나아가는 것은 권리 못지않은 당연한 의무와 책임이 있다. 정의를 영원한 태양이라 하는 것도 다른 뜻이 아니다.

» 필립스

법(法)의 목적은 악(惡)의 방지이다. 그러나 결코 선(善)의 박차(拍車)가 될 수는 없다. 우리가 얼핏 보기에는 세상은 평화스러운 듯하면서도, 이를 해치는 크고 작은 사건 사고가 줄어들지 않고 있다. 이는 생명에 대한 경시 풍조 탓일까. 그러므로 법은 악을 방지하려는 것 뿐, 선을 확산시키지는 못하고 있다.

» 레이스만


통치하는 것은 오성(悟性)을 가진 자가 아니라 오성(悟性)이다. 이성(理性)을 가진 자가 아니고 이성(理性)인 것이다. 그는 또 '잠언과 성찰'에서 그는 '지배하는 일을 배우는 것은 쉽고, 통치하는 것을 배우는 일은 어렵다'라고 했다. 그야 어떻든 표제의 말은 통치는 우선 사람이 되어야 한다. 둘 다 지도자가 되려면 깊숙이 마음에 새겨야 되리라.

» 하이네

# 7

아픔에 대하여

고통과 번민은 위대한 자각과 깊은 심정을 가진 사람에게 있어 항상 필연적인 것이다. 그는 다음과 같이 이어 말했다. 위의 말을 이해하는 데 도움이 될 것 같다. '젊은이는 이 고뇌가 자기 자신의 존재를 맨 밑바닥에서 뒷받침하고 있는 지주이며 가장 보편적인 고뇌에 연결되는 가교인 것처럼 느낀다. 커다란 보편적인 고뇌가 그를 굳게 안고 그 고뇌를 긍정해 줌으로써 이 세상에서 차지하고 있는 그 자신의 위치, 즉 위대한 자각과 깊은 심정을 가르쳐 주는 것이다'

» 도스토예프스키

잃어버린 때는 결코 찾을 수 없다. 이미 범한 죄악도 마찬가지이다. 한번 우리를 지나간 시간은 다시 돌아오지 않는다. 시간을 효과적으로 사용한 사람은 그만큼 잃어버린 때 즉 시간을 덜 잃어버렸다고 할 수 있다. 죄악 또한 이와 같다. 이미 저지른 죄악은 결코 돌이킬 수 없다.

» 러스킨

언제까지나 계속되는 불행은 없다. 불행을 방치해 두거나 아니면 용기를 내서 쫓아내느냐의 둘 중의 하나이기 때문이다. 우리 인간의 행복과 불행은 언제까지나 계속되지는 않는다. 용기가 있는 사람은 불행을 스스로의 힘으로 쫓아 낼 것이고, 그렇지 못한 사람은 불행에 짓눌려 살다보면 그 자

취를 감춰 버린다. 우리 속담에도 세월이 약이라는 말이 있
다. 제아무리 큰 불행도 꾹 참고 견디어 내면 물러나게 돼
있다.

» 로맹 롤랑


우리의 주위가 귀찮게 생각되는 것은 우리가 고독하게 태어
나지 않았기 때문이다. 흔히들 고독을 인간의 숙명이라고
말하고 있다. 하지만, 인간이 이룬 사회에서 삶의 실태를
보면, 인간은 고독하게 태어난 것이 아니다. 주위를 귀찮다
는 것도 삶을 사는 것이 아닌가. 고독한 생활의 목적은 아주
유유자적(悠悠自適)하게 사는 것뿐이다.

» 라 브류이엘


가엾게도, 레오나르도여, 왜 이토록 너는 고심을 하는가.
'모나리자' '최후의 만찬' 등의 그림으로 유명한 그가 왜 이
런 말을 남겼을까. 그는 그만큼 자기의 일에 고심 하고 열심
히 살았다는 증거일 수 있다. 그렇다면 그저 평범한 우리가
만약 조금의 고심도 없이 살아간다면 그 삶이 어떻겠는가?
그는 이렇게 다시 외치고 있다. '장해나 고뇌는 나를 굴복시
킬 수 없다. 이 모든 것은 분투와 노력에 의해 타파된다'

» 레오나르도 다 빈치

'고독하게 살라!' 이 말은 말로는 쉬운 것이지만, 실행하기란 매우 어렵다. 어쩌면 가장 어려운 일일 것이다. 말 그대로 고독하게 산다는 것은 불가능할지도 모른다. '고독은 이 세상에서 가장 무서운 고통이다. 제아무리 심한 공포에도 모두가 함께라면 견디지만, 고독은 죽음과 같다' 이 말은 그만큼 고독하게 산다는 것은 어렵다는 뜻이다.

» 뤼케르트

인간은 본래 고독한 것이요, 이기적인 것이기도 하다. 모파상은 그의 소설 '여자의 일생'에서 이렇게 말한다. 인간은 저마다 생존본능에 의해 크게 지배되고 있다. 고독하고 이기적이어서 일까? 아니 그것보다 타인과 완전히 합쳐질 수 없다는데 문제가 있다. 이런 점은 친구나 부모, 형제, 부부 간에도 마찬가지이다. 흔히들 우리가 말하는 배신이니 배은망덕이니 하는 것은 이기심 탓이 아닐까 한다. 그럴 때 특히 당한 쪽에서 심한 외로움을 느낀다. 그러므로 해서 인간은 고독하고 이기적이라는 것이다.

» 모파상

한 사람의 친구도 없을 정도인 완전한 고독은 최악의 것으로 그것은 죽음만도 못하다. 인간은 본래 각기 혼자서 태어나서 혼자 죽는다. 아무리 가까운 사이라도 그 마음까지 하

나로 될 수 없다. 그러므로 인간의 고독은 숙명이란 말이
있다. 그 많은 사람들은 스스로 고독을 극복해 나가기도 하
고 또는 사랑하기도 한다. 이와는 달리 한 사람의 친구도
없는 최악의 경우는 사회생활은 물론 살아갈 의욕마저도 상
실하게 된다.

» 베이컨

개개의 불행이 일반적으로 행복을 만들어 낸다. 따라서 개
개의 불행이 많으면 많을수록 모두가 선(善)이다. 인간은
누구나 남의 불행을 보고 자기에게도 그런 불행이 있을 수
있다는 생각을 갖는 것이 중요하다. 그리고 자기에게 이런
불행이 닥치더라도 그것을 극복할 수 있다는 자신감을 기를
필요가 있다. 사람이 살다보면 때때로 어떤 시련에 부딪쳐
좌절하는 경우가 있다. 하지만 그 같은 시련이 오히려 힘이
될 수 있다.

» 볼테르

신은 인간의 지혜를 깊게 한다. 신은 무엇에 의해서 인간의
지혜를 심화시키는가, 슬픔에 의해서이다. 인간이 도망치
고 숨으려고 노력하는 슬픔에 의해서이다. 신은 인간을 사
랑만으로 나타내는 것은 아니다. 지나친 식욕에 대해서는
위장병으로 그 잘못을 나타내고, 기후를 무시하면 감기로

주의를 환기시킨다. 재난도 예외는 아니다. 어딘가 인간의 부주의한 면을 알리기 위한 것이다. 이처럼 신은 인간을 시험하고 슬픔을 주어 지혜를 깊게 한다.

» 고골리

자기의 목적에 대한 수단을 알고, 그것을 포착하여 이용할 줄을 아는가 모르는가에 따라서 행복과 불행이 갈린다. 우리가 흔히 말하는 불행의 대부분은 그 원인을 분석해 보면 자기의 목적을 분명히 하지 않고, 또 그 방법이 부족하기 때문에 생기는 경우가 많다. 이런 사람은 마치 물고기를 잡으려 바다로 가지 않고 산으로 가는 것과 같다. 어떤 일이든 목적을 정확히 하고 그 수단을 포착하고 이용할 줄 안다면 그 일은 이루어지기 마련이다, 그렇지 않으면 실패하게 된다. 우리의 행복과 불행도 그것과 다르지 않다.

» 괴테

풍파는 항상 우수한 항해사 편에 선다. 인간이면 누구나 자기의 일이 순조롭기를 원한다. 그렇다고 해서 모든 일이 자기 뜻대로 되는 것은 아니다. 일이 조금 순조롭다가도 한치 앞도 내다볼 수 없이 꽉 막힐 때도 있다. 이를 해쳐나가는 것이야말로 풍파를 이겨내는 유능한 항해사에 비우된다.

» 기번

그 어떤 고통, 슬픔, 곤란을 이겨 나가는데 있어 마지막으로 의지하는 것은 자기 자신의 힘 이외에는 없다. 하늘은 스스로 돕는 자를 돕는다. 나만 왜 이렇게 고통스러울까 하고 생각하는 사람들이 의외로 많다. 또는 이를 극복하려 하지 않고 남에게 의지하려 하거나 평소에는 생각지도 않던 하나님을 찾곤 한다. 그 어떤 고통, 슬픔, 곤란도 이겨 나가기 위해서 의지할 수 있는 것은 자기 스스로의 힘 밖에는 없다. 하늘은 스스로 돕는 자를 돕는다는 말은 스스로 서라는 뜻과 다르지 않다.

» 스마일즈

짧은 인생은 시간의 낭비에 의해서 우리에게 아무리 많은 시간을 주어져도 시간 그 자체에 대한 관념이 없으면 아무런 소용이 없다. 시간의 낭비가 바로 이런 것이다. 인생을 어떻게 보내느냐에 따라 갈수도 있고, 짧을 수도 있다.

» 사무엘 존슨

모든 사업은 칠전팔기(七顚八起)이다. 중요한 것은 자아(自我)를 상실하지 않는 일이다. 절망만 하지 않으면 반드시 성취된다. 어떤 사업이든 반드시 성공한다는 법은 없다. 그래서 모든 사업을 두고 일곱 번 넘어지고 여덟 번 일어난다는 말이 있는지도 모른다. 아마도 그만큼 어렵다는 것이다. 그

렇지 않고 순조롭기만 하면, 자칫 사업에 대한 주의를 등한
시하기 쉽다. 하지만 실패를 되풀이하더라도 절망만 하지
않는다면 그것이야말로 성공의 밑거름이 된다. 어떤 경우
라도 자신감을 갖고 노력을 경주해야 성취할 수 있다.

» 손문

**고통이 인생이다.** 아무리 우리 인간의 삶이 힘겹고 고통스
럽더라도 신념에 사는 사람은 그것에 손을 들지 않는다. 고
통이 인생의 전부가 아님을 깨달아야 한다.

» 쉴러

**역경은 청년에게 있어서 빛나는 가치이다.** 역경을 딛고 일
어선 사람은 자기에게 엄격하면서도 인간미를 느낄 수 있
다. 그러나 만사가 순조로운 환경에서 자란 사람에게는 그
런 분위기를 느낄 수 없다. 인간은 역경에 처하면 본능적으
로 이에 항거한다. 이러한 힘이 인격의 형성에 도움이 된다.
사람이 고독 속에서 자기 자신에게 따르는 것은 용이하다.
그러나 참으로 위대한 사람은 사람들 틈에 끼어 살면서도
자기 자신의 독립성을 유지해 간다. 사람이 혼자 자기 나름
의 고독한 생활을 즐기거나 하는 것은 그렇게 어렵지는 않
다. 그러나 온갖 사악한 무리 속에 부대끼면서도 악에 물들
지 않고 당당히 살아가는 사람이야말로 참으로 위대하다.

특히 현대를 살아가는 우리 모두는 개성을 잃지 않고 독립성을 유지해야 한다.

» 에머슨

**고통은 인간의 위대한 교사이다. 고통의 숨결 속에서 영혼은 발육한다.** 우리 인간은 왜 이토록 고통스러워해야 하는가. 이를 떨쳐내기 위해 몸부림을 쳐야만 하는가. 언제까지나 흔들리지 않는 행복이란 없는 법인데도 그것이 마치 생의 최고 목표인양 생각해 항상 괴로워하고 두려워한 나머지 영원히 마음의 안정을 찾을 수 없다. 이러한 마음을 다잡을 수 있는 것은 오직 우리의 가슴에 깃든 영혼뿐이다.

» 에센바하

**아름다운 육체를 위해서는 쾌락이 있다. 그러나 아름다운 영혼을 위해 있는 고뇌만큼 가치 있는 것은 없다.** 우리의 삶에는 고뇌가 있기 마련이다. 고뇌가 심해지면 일할 의욕은커녕 삶 자체가 싫증나게 된다. 고뇌를 견디어 내는 데에 우리 인생의 참뜻이 있다. 결코 고뇌에 져서는 안 된다. 이를 적극적으로 극복함으로써 아름다운 영혼의 가치를 누려야 한다.

» 와일드

**절망은 죽음에 이르는 병이다.** 그의 대표 작품 '죽음에 이르는 병'은 인간의 절망 상태를 파헤쳐 인간의 본질이 무엇인가 하는 것을 탐구한 것으로 그 심리 묘사 속에 분명 자기 분석과 자기 고백이라고 하는 것을 엿볼 수 있다. 이 점이 저자의 철학적 사색의 특색이라고 할 수 있다. 이 책을 읽다 보면 절망이라는 것이 분명히 죽음에 이르는 병이라는 것을 강하게 느낄 수 있다. 하지만 이 절망이라는 것이 불치의 병은 아니다. 인간에게 절대적 절망이란 있을 수 없다. 우리는 절망에 빠지거나 해서는 안 된다.

» 키에르케고르

**깊이 사랑할 수 있는 사람만이 위대한 고뇌를 맛볼 수 있다.** 사랑할 수 있다는 것. 그 얼마나 행복이 넘치는 말인가? 더러는 깊이 사랑을 함으로써 맛보는 고뇌를 이해하지 못할지도 모른다. 그렇다고 해서 사랑을 함으로써 상처를 입는 것을 두려워해서도 안 된다. 그러므로 사랑의 본질을 알고, 또한 고뇌를 스스로 맛봄으로써 풍부한 인생 경험을 갖게 되는 것이다. 특히 젊은이들에게 말이다.

» 톨스토이

**시간을 낭비하지 말라, 항상 무엇인가 유익한 일에 종사하라. 쓸 데 없는 행동은 항상 삼가라.** 우리는 언제까지나 시간이 있다는 생각에 빠지기도 쉽다. 세월을 헛되이 보낸다는 것 그 자체가 곧 시간의 낭비이다. 이에 비해 많은 사람들은 금전의 손실에 대해서는 예민하기 그지없다. 하지만 이미 흘러버린 시간은 인간의 힘으로 돌이킬 수 없다. 따라서 우리는 같은 시간이라도 유익하게 쓰고 쓸데없는 행동은 삼가 해야 한다.

» 프랭클린

**인간은 고뇌를 밑바닥까지 경험함으로써 비로소 고뇌를 치유할 수 있다.** 고뇌가 우리 인간이 결코 피할 수 없는 것이라면 단연코 받아들여 그 밑바닥까지 경험해 보아야 할 것이다. 이것이 곧 고뇌를 치유할 수 있는 방법이다. 이는 곧 우리 인간의 삶이 저 밑바닥까지 떨어졌을 때 모든 것을 잊고 마음껏 고뇌함으로써 뜻하지 않게 안정을 찾을 수 있는 것과 같다.

» 프루스트

**스스로 노력해서 뜻대로 안 되는 것은 하늘의 뜻이다. 자신이 게을러서 업(業)을 이루지 못한 것은 나의 죄이다.** 아무리 노력을 해도 뜻대로 되지 않는 것이 우리의 인생이란 말이 있기도 하다. 그렇다고 일을 게을리 하거나 포기해서는 안 된다. 어떤 일이든 최선을 다하는 것이 우리의 길이다.

하늘은 스스로 돕는 자를 돕는다고 했지 않는가.

» 피히테

'악의 뿌리는 진리에 대한 무지이다'라고 부처님은 말씀하셨다. 그 뿌리에서 한없는 착오가 생기고 고뇌의 열매를 맺는다. 따라서 사람들 자신이 선한 사람이 되기 전에는 이 세상에서 고뇌를 없애고 생활을 향상시킬 모든 시도는 무익한 일이다. 인간이 무지에서 벗어나기 위해서는 우리는 진리를 향한 끊임없는 노력이 있어야 한다. 그렇게 하지 않는 한, 어떤 훌륭한 사회제도도 악을 근절할 수 없다. 따라서 우리는 스스로가 진리를 쌓고 악의 뿌리를 제거하지 않으면 안 된다. 그래야만 이 세상에서 고뇌를 없애고 생활을 향상시킬 수 있다.

» 하르트만

추위에 떠는 사람일수록 햇볕을 따뜻하게 느낀다. 인생의 고뇌를 겪은 사람일수록 생명의 존귀함을 안다. 젊은이나 인생의 경험을 쌓지 못한 사람은 무모한 행동으로 생명을 잃는 경우가 있다. 간단한 예를 든다면 장비도 변변찮은 것으로 산에 오르거나, 면허도 없는 사람이 술을 먹고 운전을 하다가 목숨을 잃는 경우다. 이런 것은 모두 생명의 존귀함을 모르기 때문이다. 늙은이들은 인생의 고뇌를 겪은 만큼 그들 나름의 지혜도 갖고 있다. 때에 따라서 젊은이들은 이 따금 늙은이들의 말에 귀를 기울여 생명의 존귀함을 배워야 한다.

» 휘트먼

사람이 자기의 인생으로부터 배울 수 있는 가장 큰 교훈은, 이 세상에는 고통만 있는 것이 아니라 그 고통을 극복하여 승리를 거두는 것이 자기 자신에게 달려 있다는 사실과 더 나아가 그 고통을 참 기쁨으로 승화시킬 수 있는 능력 또한 자신 속에 있다는 것이다. 이 세상에는 고통만 있는 것이 아니라, 그 고통을 극복하고 승리하는데 교훈이 있다. 이것은 우리의 개인적인 배움 뿐만 아니라 이런 힘은 곧 불완전한 존재로서의 우리에게 고통은 우리를 위대하게 만드는데 그 의미가 있는 것이다. 따라서 우리는 그 고통을 기쁨으로 승화시킬 수 있는 힘이 있다는 것을 각기 스스로 깨달아야 한다.

» 타고르

모진 고생보다 나은 교육은 없다. 어떤 일이든 이론만으로는 이해하기가 쉽지 않다. 우리가 살다보면 다른 무엇보다 고통스럽고 힘들었던 일이 더 기억에 남는다. 그런 모진 고생이야 말로 배움이 되고 또 우리의 삶을 풍요롭게 하는데 도움을 주게 된다.

» 디즈레일리

가시밭길이 무익한 것은 아니다. 고향에 돌아온 사람은 그 냥 집에 남아 있던 사람과는 다르다. 어떤 일에도 그 일을 겪은 사람과 겪지 않은 사람과의 차이는 있게 마련이다. 우리 속담에도 '고생 끝에 낙이 있다'는 말이 있듯이 우리가 살다보면 위에서 말하는 가시밭길이 꼭 이로움이 없는 것이 아니라는 것을 깨닫게 된다. 다시 찾은 고향 역시 그냥 집에 남아있던 사람과 어찌 감회가 같을 수 있겠는가.

» 헤세

삶에 대한 절망 없이는 삶에 대한 희망도 없다. 어떤 사람도 절망을 겪지 않고서는 언제까지나 평범함을 벗어나지 못한다. 위의 카뮈의 말은 절망을 딛고 일어서는 사람만이 희망을 건질 수 있다는 뜻이다.

» 카뮈

고통을 밑받침으로 하지 않은 성과는, 토대 없이 세운 집과 같아 언제 허물어질지 모른다. 토대 없이 세운 집과 같다는 것은 당연하다. 우리 속담에도 '공든 탑이 무너지랴'라는 말이 있지 않는가. 괴로워한 만큼 보람이 있게 마련이다. 고통을 밑받침하지 않는 성과란 어떤 일이든 성과를 내기 위해 아무렇게 해서는 안 된다는 뜻일 뿐 고통 속에 갇혀 일상을 살아가라는 것은 아니다. '채근담'에는 또 이런 말도 있다. '불행에는 여러 가지 형태가 있는데, 사람에 따라 그 경우가 천차만별이다. 그 중에도 가장 불행한 사람은 마음이 사방으로 흩어져서 스스로 마음을 잡지 못하는 사람이다.

» 채근담

불행의 원인은 늘 나 자신이다. 몸이 굽으니 그림자도 굽었다. 어찌 그림자 굽은 것을 한탄할 것인가! 나 외에는 아무도 나의 불행을 치료해 줄 사람이 없다. 불행의 원인은 늘 스스로 만들고, 그 치료 또한 자기 자신만이 할 수 있다는 뜻일 것이다. 꼭 파스칼의 이 말을 빌리지 않더라도 우리들은 불행의 원인을 제거해 버리려 노력하지 않고 불행 그 자체를 탓하고 있는 것이 아닌지 돌아볼 일이다.

» 파스칼

'지금이 밑바닥이다'라고 말할 수 있는 동안은 아직 진짜 밑바닥이 아니다. 우리는 흔히 절망의 끝에 와 있다는 말을 하곤 한다. 그러나 위의 셰익스피어의 말은 그것과는 다른 상황이란 얘기를 하고 있다. 우리가 밑바닥이라고 말하는 동안은 결과적으로 밑바닥 상황이기 때문이다.

» 셰익스피어

운명은 항상 너를 위하여 보다 더 훌륭한 성공을 준비하고 있는 법이다. 그러므로 오늘 실패한 사람이 내일에 가서는 성공하는 법이다. 운명은 항상 우리 편에 서있다는 얘기다. 오늘 실패를 했다고 해서 운명을 탓하거나 실망할게 아니다. 꾸준히 노력을 게을리 하지 않는다면 내일의 성공을 기약할 수 있다.

» 세르반테스

중요한 것은 무엇을 참고 견디느냐가 아니라, 어떻게 참고 견디느냐에 있다. 오늘 당장 해결할 수 없는 것을 시간이 해결해 주는 경우가 있다. 그렇다고 해서 마냥 기다리라는 얘기는 아니다. 이를 어떻게 참고 견디느냐에 그 중요성이 부여된다.

» 네카

# 8

선과 악에 대하여

현자(賢者)는 살 수 있는 한 사는 것이 아니라 살지 않으면 안 될 만큼 산다. 우리들이 자연으로부터 받은 가장 고마운 선물은 물러나는데 필요한 열쇠가 주어져 있다는 점이다. '자연은 인생의 입구를 하나밖에 정해 두지 않았으나 출구는 무수하게 마련해 주었다' 어진 사람은 살지 않으면 안 될 만큼 산다는 것은 세월이 지나도 그 인격이 존중됨을 말한다. 자연의 선물인 열쇠는 우리들이 얼마만큼 인생을 가치 있게 사느냐에 있다. 즉 자연으로 돌아가는 때를 의미한다.

» 몽테뉴

우리들이 갖는 사상이 좋으나 나쁘냐에 따라 그것들은 우리들을 극락 또는 지옥으로 데리고 간다. 그 극락이나 지옥은 하늘 위나 아래에 있는 것이 아니라 이 인생에 있는 극락이며 지옥이다. 우리가 죽은 후 극락과 지옥이 있는지의 여부는 알 길이 없다. 이는 상징적 의미일 뿐, 극락과 지옥은 이 세상에 있다. 즐거운 가정은 극락이고 그렇지 못한 가정은 지옥이 된다. 나아가 이웃을 사랑하고 모든 사람이 화합하면 우리들 인생도 극락이 아니고 무엇인가.

» 마로리

착한 행동이란 나쁜 행동을 삼가는 것이 아니라 나쁜 행동을 바라지 않는 일이다. 이 말은 말 그대로 착한 행동은 곧 나쁜 행동을 바라지 않는 것이다란 뜻이다. 다른 사람의 행동을 보거나 또는 그것이 착한 행동인가 나쁜 행동인가의 여부를 가리는 일도 중요하다.

» 버나드 쇼

우리는 종교를 원하지만 그것은 보다 더 하느님에게 어울리고 우리들을 위해 만들어진 종교이다. 한 마디로 말하자면 우리는 하느님과 인간에게 봉사하고 싶은 것이다. 하느님에게 어울리고 우리들을 위하여 만들어진 종교를 원한다. 이것은 곧 종교가 하느님과 인간에게 봉사하고 싶은 것임을 뜻한다.

» 볼테르

누구나 두 주인을 섬길 수는 없다. 한 주인을 사랑하면 다른 주인을 싫어하게 되고 한 주인에게 충실하면 다른 주인을 소홀히 하기 때문이다. 당신은 신과 황금을 동시에 섬길 수는 없는 것이다. 양수집병(兩手執餠)이란 말이 있다. 이는 두 손에 떡을 쥔 격으로 갖기도 버리기도 어렵다는 뜻이다. 위의 성서에 나타난 두 주인을 섬길 수 없듯 신과 황금을 함께 섬길 수는 없는 것이다. 그런데도 사람들은 두 가지 모두를 원하고 있다.

» 성서

진정으로 신을 사랑하는 자는 신에 대해서 자기를 사랑해 달라고 원하지는 않을 것이다. 인간의 어떤 무엇이든 다 들어 주는 하나님은 없다. 그런데도 기도만 드리면 어떤 소원이라도 들어준다고 하는 것은 신을 모독하는 일이다. 진정으로 하나님을 사랑하는 자는 결코 하나님에게 의존하려고 하지 않는다. 신앙심이 따로 없다.

» 스피노자

위대한 신앙은 곧 위대한 희망이다. 그것은 응원자로부터 멀어짐에 따라 더욱더 분명한 것이 되어 간다. 신앙이란 정체되고 초조해하는 우리들의 내면을 바로 잡아주는 역할을 한다. 기도 또한 우리들에게 용기를 회복해 준다. 따라서 기도는 엄숙하지 않으면 안 된다. 이는 곧 우리들의 흐트러진 정신을 안정된 것으로 만들어 주기 때문이다.

» 아미엘

삶은 죽음에서 생긴다. 보리가 싹을 틔우기 위해서 씨는 죽어야 한다. 신약 성서에서도 '한 알의 밀이 죽지 않는다면 오직 하나일 것이요, 죽으면 더욱 많은 열매를 맺으리라'라는 말이 있다. 위의 간디의 말과 의미가 다르지 않다. 이것은 곧 생명의 승화를 나타낸 것이다.

» 간디

아직 삶도 모르는데 하물며 죽음을 알 수 있을 것인가. 삶의 뜻을 모르는 자가 죽음의 뜻을 알 수는 없다. 그렇더라도 우리는 살아 있는 동안 삶에 충실해야 한다. 죽음을 모른다고해도 두렵지 않게 된다.

» 공자

선을 행하는 데는 고려가 필요 없다. 일반적으로 인간은 선을 행할 때에는 주저주저하기 쉽다. 선이란 베품을 뜻한다. 그러므로 선을 행하는 데는 어떤 고려도 필요 없게 된다.

» 괴테

세상에 존재하는 악은 태반이 거의 무지에서 유래되는 것으로 양식이 없으면 착한 의지도 악의와 마찬가지로 많은 피해를 줄 수가 있다. 이 말은 우리가 생각하고 있는 악은 거의 절반은 무지에서 오는 것으로 건전하고 사물을 분별할 수 있는 능력이 없다면 착한 뜻도 악과 다름없이 많은 피해를 줄 수도 있다는 뜻이다. 하지만 이 세상에는 많은 착한 사람들이 살기 좋은 사회를 만들기 위해 노력을 기울이고 있다. 그러고 보면 우리가 사는 세상은 역시 살만한 세상이 아닌가 한다.

» 카뮈

'남이 하는 대로 행하라'는 훈계는 의심스럽다. 그것은 거의 악을 행하라고 가르치고 있는 것과 마찬가지이기 때문이다. 남의 행동을 그대로 따르라는 훈계는 자칫 악을 행하라는 것과 같을 수 있다. 따라서 우리는 우선 남이 하는 행동을 보고 선악을 구별하는 능력을 길러야 한다.

» 라 브뤼에르

당신의 가슴을 좀먹는 한 가지 악을 우선 없애라. 그러면 열 가지 악도 그에 따라 없어지고 말 것이다. 우리들이 갖는 버릇도 외부 영향에 의해 굳어져 있는 경우가 많다. 이미 몸에 굳어버린 나쁜 버릇 즉 악도 결점을 한꺼번에 모두 없애 버린다는 것은 쉽지 않은 일이다. 따라서 쉽게 버릴 수 있는 한 가지부터 시작하는 것이 좋다. 이것이 가능해지면 그 밖의 악도 어렵지 않게 물리치게 되는 것이다.

» 로즈

인류는 한 번도 종교 없이 살아오지 않았으며 또 살아가지도 못한다. 우리가 사는 세상은 언제 어느 때랄 것 없이 불완전하다. 그것을 이겨내고 평안을 찾기 위해서는 믿는 구석이 있어야만 했다.

» 톨스토이

만물은 우리가 보도록 우리에게 주어져 있다. 나는 신께 몇 번이고 절하고 또 절한다. 신은 불에도 있고, 물에도 있다. 온 세계에 침투해 있다. 신은 사철나무에는 물론, 해마다 거두는 곡식에도 있다. 이 말이 뜻하는 바는 세상에 있는 모든 물건은 우리가 볼 수 있도록 되어 있다는 것이다. 그의 신앙의 대상인 신은 어디에나 있다. 그것이 불이든 물이든 온갖 물체는 물론 사철나무나 우리가 해마다 거두어들인 곡식에 이르기까지 모두에 침투해 있다는 것이다.

» 하이네

사회의 이익이 되는 행동을 미덕이라 일컫고, 이익이 되지 않는 행동을 악덕이라 일컫는다. 선과 악이란 그 이상의 의미를 지니지 않는 것이다. 이 말은 미덕과 악덕의 차이는 사회에 이익이 되느냐 그렇지 않느냐에 있다. 선과 악도 그 이상의 의미를 지니고 있지 않다는 뜻이다.

» 서머셋 모옴

더러움 없는 진실한 삶은 우리의 신앙 속에 공상 속에 즉 광기(狂氣)속에 있다. 인간이 진실하게 살기 위해서는 자기가 해야 할 일과 해서는 안 될 일을 알고 있어야 한다. 신앙의 필요성 또한 여기에 있다. 이러한 진실한 삶은 사소한 일에도 화내고 외쳐대는 사람 속에도 있다는 말이다.

» 톨스토이

사람들이 느끼는 공포는 죽음에 대한 공포가 아니라 거짓 삶에 대한 공포이다. 그 가장 좋은 증거는 때때로 사람들이 죽음에 대한 공포 때문에 자살한다는 사실이다. 죽음에 대한 공포는 삶 그 자체를 잃는다는 생각에서 비롯된다. 우리가 흔히 말하는 사람과의 단절은 곧 거짓 삶에 대한 댓가일 수 있다. 따라서 우리는 이성적 판단에 의해 하루도 빨리 위에서 지적하는 공포에서 벗어나야 한다.

» 톨스토이

사람은 죽음을 생각해서는 안 된다. 오로지 삶을 생각하라. 이것이 진정한 신앙이다. 위의 말은 죽음을 생각하지 않고 산다는 것이 진정한 신앙이란 뜻이다. 이와 같은 용기와 책임감으로 활기가 넘치는 사회를 만들기 때문이기도 하다.

» 디즈레일리

거짓말은 그 자체로서 조악일 뿐만 아니라 영혼을 죄악으로 더럽힌다. 거짓말은 그 동기나 의미가 어떤 것이든 사실과 다른 그 자체로 거칠고 나쁠 뿐만 아니라 우리의 영혼을 더럽히게 된다. 어쨌든 그것은 그 자리에 있는 상대방을 위해서도 바람직하지 않다.

» 플라톤

인간의 참된 신앙이란 휴식을 얻기 위한 것이 아니다. 그것
은 오로지 삶에 대한 힘을 얻기 위해서이다. 사람들은 때때
로 건강이나 편안한 휴식을 가지기 위해 신의 존재를 자기
삶에 받아들인다. 그러나 그런 이유만으로는 신앙이나 또
는 삶을 지탱하기란 어렵다. 그렇다면 휴식을 얻기보다 고
뇌가 훨씬 쉽게 찾아올 뿐이다. 그러므로 위의 참된 신앙은
곧 삶에 대한 힘을 얻기 위해서라는 말이 실감나게 되는 것
이다.

» 러스킨

신앙도 신의 선물이다. 평화와 사랑이 주어지는 것에서 신
앙도 또한 비롯하는 것이기 때문이다. 우리가 완전무결한
인간이 아닌 한 그 어떤 제도도 사회의 악을 개선하기는 어
렵다. 이를 가능케 하는 것은 신앙의 힘 외에는 없다. 오늘
날 우리가 평화와 사랑을 누리는 것도 신의 선물인 신앙에
서 비롯되었다는 것이다. 그렇지 않고 만약 신에 대한 존경
과 신앙을 빼앗는다면 오늘날보다 더 무서운 세상이 나타날
지도 모를 일이 아닌가.

» 아우구스티누스

당신 자신 속에는 선(善)의 원천(源泉)이 있다. 그것은 아무
리 퍼내고 고갈되지 않는 샘과 같다. 우리의 몸속에는 착함

의 근원이 있다. 그것은 또 아무리 퍼내어도 마르지 않는 우물과 같다. 그러므로 양심은 속일 수 없는 것이라는 뜻도 된다.

» 아우렐리우스

종교가 없는 과학은 절름발이이고 과학이 없는 종교는 장님이다. 종교와 과학의 대립은 어제 오늘의 일이 아니다. 이와 같은 양자의 대립이 근본적으로 해결되지 않는 이상 융합은 쉽지 않다. 그러나 대다수의 사람들은 과학의 힘이 정신적인 것보다 더 많은 편리를 준다고 생각하고 있다. 이에 반하여 종교의 존재가치도 잊어서는 안 된다.

» 아인슈타인

우리들은 신과 영혼을 믿음으로써 악(惡) 속에 신을, 어둠 속에 빛을 볼 수가 있고 절망을 희망으로 바꿀 수가 있는 것이다. 우리가 새로운 경지를 개척해 가는 것과 종교가가 불멸을 강조하는 것 등은 우리 인류가 지구와 함께 영원히 존재한다는 믿음 때문이다. 따라서 우리는 신과 영혼을 믿음으로써 절망을 희망으로 바꿀 수 있다는 것이다.

» 에라스므스

많은 종교가 서로 상반되어 있는 것을 볼 수 있다. 따라서 하나를 제외하고는 모두 허위이다. 어느 종교나 그 자체의 권위에 입각해서 믿어지는 것을 바라고, 믿지 않는 자를 위협한다. 모든 종교의 그 근본은 같다. 대표적인 예로 그리스도의 가르침이나 석가의 가르침 역시 그 근본은 같다고 할 수 있다. 그런 뜻에서 우리들은 그리스도교나 불교가 각 파로 나뉘어 서로 반목을 하고 있는 것을 볼 때 못마땅해하게 된다. 따라서 이러한 그들이 평화나 선행을 입에 담는 것이 어딘가 어색하게 들리기까지 한다.

» 파스칼

대지가 자신이 키운 아름다운 식물에 의해서 장식되는 것처럼 세계는 그의 마음속에 살고 있는 사랑에 의해 장식된다. 대지는 풀과 나무, 꽃에 의해 장식되어 비로소 아름다움을 느낄 수 있다. 황막한 사막이나 풀 한 포기 자라지 않는 불모의 대지는 보기에도 삭막하다. 인간의 세계도 그와 마찬가지로 악이 판치거나 사랑하는 마음이 없다고 한다면 살 희망도 없고 생활도 무미건조한 것이 될 것이 뻔하다.

» 프라나

어떠한 악이건 처음엔 쉽게 없앨 수 있으나, 성장함에 따라서 한층 더 강해진다. 우리의 속담에 호미로 막을 것을 가래로도 못 막는다는 말이 있다. 이와 마찬가지로 어떠한 악도 커지기 전에 없애야 한다. 기회를 놓치면 힘이 들기 마련이다.

» 키케로

정녕 만물은 무상하다. 생명이 있으면 죽어가고 형태가 있으면 무너진다. 그러나 그것보다도 무서운 것은 우리들이 독자적으로 살고 죽고 할 수조차도 없다는 것이다. 세상에 있는 온갖 물건들은 덧없음이 틀림없다. 생명이 있으면 죽어가고 형태가 있으면 무너진다. 아니 그것보다 무서운 것은 우리 인간들은 저 혼자의 힘으로 살고 죽고 할 수조차 없다는 것을 뜻하고 있다.

» 하이네

# 9

삶에 대하여

강한 인간이 되고 싶다면 물과 같아야 한다. '장애물이 없으면 물은 흐른다. 둑이 있으면 물은 고인다. 둑이 없어지면 다시 흐른다. 물은 네모난 그릇에 담으면 네모꼴이 되고, 둥근 그릇에 담기면 둥글게 된다. 그렇기 때문에 물은 그 무엇보다도 가장 강하다' 이 세상의 모든 일은 인간의 뜻대로 되지는 않는다. 따라서 강한 인간 즉 승리자가 되려면 물과 같이 적응할 수 있는 능력을 갖추고 있어야 한다. 예를 들면 어떤 궁지에 처했을 때는 이를 극복할 수 있는 힘이 있어야 한다.

» 노자

대개의 사람들은 작은 은혜를 저버린다. 많은 사람들은 중간 정도의 은혜에 대해서 감사의 뜻을 갖는다. 그러나 큰 은혜에 대해서 배은망덕한 사람은 거의 없다. 사람들은 저마다 자기 힘으로 살아간다고 말할지도 모른다. 그러나 그렇지 않다. 우리가 매일 먹는 주식인 쌀은 농부들이 흘린 땀의 결정체이다. 수도, 전기, 의복 외에도 소소한 것들은 모두 타인의 손에 의해 주어지는 것이다. 이런 것들이 모두 크든 작든 은혜가 아니고 무엇인가? 우리가 이 세상에 사는 한 이런 광범위한 은혜를 잊지 말아야 한다.

» 라 로슈푸코

많은 사람이 자기들의 계급을 경멸하는 얼굴을 하고 있으면서도, 자기들의 계급에서 두각을 나타낼 기회만 노린다. 계급이란 관념은 몹시 복잡하고 다양하다. 같은 계급 속에서도 많은 변이가 있다. 생활양식, 교육, 교양 등은 같은 직업, 같은 수준의 재산을 가진 사람들이라도 차이가 있다. 이와는 반대로 직업이나 재산이 다른 사람들 사이에서 오히려 그 차이가 없는 경우도 있다. 그들은 재능 면에서나, 또는 사업 면에서나, 제각기 열심히 노력을 기울인다. 그렇게 해서 자기의 목적을 달성하면 같은 계급의 다른 사람들을 경멸하는 경향이 있다.

» 로맹 롤랑


인간은 누구나 조물주의 손에서는 선(善)하지만, 인간의 손에 건너와서 악(惡)해진다. 그의 교육소설인 '에밀'에 나오는 말이다. 사실 갓 태어난 아기를 보면 악한 면이란 전혀 없다. 하지만 그 아기가 자라면서 부모나 친구 또는 주위의 다른 사람들로부터 갖는 자극과 충동으로 온갖 욕망에 사로잡힌다. 이렇게 자란 아이가 성인이 되면 필요 이상으로 명예나 재물에 집착하거나 탐닉하게 된다.

» 루소

여성은 아름다울수록 더 정직해야 한다. 그것은 정직해야만 자기의 아름다움이 파생시키는 해독(害毒)에 면역을 기를 수 있기 때문이다. 아름다운 것만으론 행복해질 수가 없다. 아무리 아름다운 얼굴도 마음이 깨끗하지 못하면 그 미모로 인해서 도리어 불행을 초래하기 쉽기 때문이다.

» 레싱

육체가 아름다운 여성에게는 곧 싫증을 느낀다. 그러나 마음이 착한 여성에게는 싫증 따윈 느끼지 않는다. 여성은 용모에 대해서 대체로 신경을 많이 쓴다. 그러나 용모 자체보다도 그 용모를 돋보이게 할 교양을 높이는데 더 힘써야 한다. 여성의 진정한 매력은 아름다운 용모보다 착한 마음씨에 있다.

» 몽테뉴

참된 인간이라고 말할 수 있는 인간을 다른 인간과 구분 짓는 본질적인 특징은 곤란한 역경을 견뎌내는 점이다. 참된 인간은 어떠한 역경에 부딪쳐도 꿋꿋하게 참고 견디어낸다. 이것이 곧 다른 인간과 구분 짓는 본질적인 특징이란 것이다.

» 베토벤

**인간처럼 비사교적이면서도 또 인간처럼 사교적인 것은 없다.** 떠들거나 쓸데없는 주장을 고집하는 사람이 있다. 이런 사람은 비사교적이어서 어딜 가나 마치 물과 기름처럼 따로 떠돌기 마련이다. 이와 반대로 누구와도 잘 어울리는 사람은 남의 말에 귀기우릴 줄 알고 또 존중하게 된다.

» 보들레르

**원숭이가 갓을 쓰다.** 초(楚)나라의 항우가 유방과 협력해서 진(秦)나라를 평정한 뒤 '입신하고도 고향에 돌아가지 않으면, 좋은 옷을 입고 밤나들이를 하는 것 같아서, 남에게 알려지지 않는다'하고 금의환향하려 했을 때 그 소식을 전해들은 어떤 사람이, '초나라 사람들은 원숭이에게 갓을 씌운다더니 거짓말이 아니었구나'하고 웃자 항우는 대노해서 그 사람이 쳐 죽였다고 '사기 항우기'에 전해진다. 이것은 곧 옷차림은 훌륭하나 그 옷을 입은 사람의 인격이 보잘 것 없음을 비웃는 말이다.

» 사기

**인간은 자유이며, 늘 자기 자신의 선택에 의해서 행동해야 한다.** 우리 주변에 있는 모든 것은, 인간의 삶에 영향을 끼친다. 이러한 영향은 곧 자기 나름의 생각이 구축되고, 구축된 생각을 곰곰이 살핌으로써 선악을 판단하는 능력이 길

러진다. 인간의 자유란 것도 항상 자기 스스로의 선택에 의
하여 행동해야 한다.

» 사르트르


큰 강은 돌을 던져도 흐름을 흩트리지 않는다. 신앙이 있는
사람이라도 욕설을 듣고 마음을 흩트리는 사람은 큰 강이
아니라 웅덩이에 지나지 않다. 노여움을 곧 얼굴에 나타내
는 사람은 인물이 되어 있지 않다는 증거일 수 있다. 이런
사람은 웬 만큼의 수양을 쌓아 가지고는 고쳐지지도 않고,
설사 고친다 하더라도 빼어난 인물이 될 수 없다. 인물의
평가는 결국 인격을 어느 정도 갖췄느냐에 따라 달라진다.
욕설을 듣고 곧잘 마음을 흩트리거나 하는 사람은 인격을
갖추지 못했기 때문이다. 이를 두고 큰 강은커녕 웅덩이도
되지 못한다고 이른다.

» 사디


'이 돼지는 내 것이다. 저 금과 은도 내 것이다'라고 말하는
것은 어리석은 사람의 생각이다. 자기 자신조차도 자기 것
이 아닌데, 어떻게 돼지나 금은을 내 것이라고 할 수 있겠
는가. 이는 이것저것 너무 욕심을 내어서는 안 된다는 석가
의 가르침이다. 단 한 번뿐인 자기의 생명도 뜻대로 못하면
서 하물며 이 돼지는 내 것이다. 저 금과은은 내 것이다 하

고 다투는 것은 그의 눈으로 볼 때 한심한 노릇이 아니고
무엇이겠는가.

» 석가

남한테서 받는 자는 남을 어려워하고, 남에게 주는 자는 교
만하다. 중국 한(漢)나라의 유향(劉向)이 엮은 설화집 '설
원'에 나오는 말이다. 남에게 늘 신세를 지는 사람은 비굴해
진 나머지 떳떳한 태도를 취하지 못하고, 그 반대로 남에게
늘 베푸는 사람은 자연히 마음이 우쭐해져서 겸허함을 잃는
다는 뜻이다. 이 두 유형 모두 바람직한 것이 못 된다. 그러
므로 우리는 남에게 신세지는 일이 가능한 한 없도록 힘써
야 하고 혹 남에게 베푸는 일이 있더라도 그것을 자랑으로
여겨서는 안 된다.

» 설원

어리석은 사람은 그것이 현명하다고 생각하지만, 현명한
사람은 그것이 어리석음을 안다. 어리석은 사람은 자기의
행동을 어리석은 짓이라고 생각하지 않는다. 그런 사람일
수록 다른 사람이 자기의 조그만 험담이라도 하게 되면, 몹
시 분개한다. 또한 자기의 생활을 올바르게 하고 싶으면서
도 그것은 생각으로 그칠 뿐, 아무것도 실행하지 못한다.

» 법구경

 우리는 흔히 우리 사회에서 인정받고 또 명성을 얻기를 바란다. 그렇다고 그것이 거저 얻어지는 것이 아니다. 다른 사람에게 지지 않는 명성을 얻게 된 원인을 살펴보면, 처음부터 그들이 머리가 좋았다거나 천재여서가 아니라, 남보다 더 열심히 일하고 남보다 더 열심히 인격을 쌓고, 모든 노력을 아끼지 않았기 때문이다. 이렇게 얻은 명성은 얼마나 보람되고 떳떳한 것인가.

» 쇼펜하우어


인생의 최고 목적은 인간으로의 품성—인격을 만들고, 몸을 건전하게 갖고, 양심적으로 만들어 될 수 있는 대로 잘 계발하는데 있다. 그는 자기의 저서 '자조론(自助論)'에서 이렇게 말하고 있다. 인생 최고의 목적은, 인격의 완성에 있다. '이것은 인생의 궁극적인 목적이다. 다른 모든 것은 이것을 형성하는 수단이라고 해도 과언이 아니다. 권력이나 지위를 얻어도 인격이 훌륭하지 못하면 그의 생애가 성공적이라고 할 수 없다. 가장 인간다운 인격을 형성해 인간 천직의, 최대량을 완성한 생활이야말로 성공적인 생애라고 말할 수 있다'라고. 비록 가난한 사람이라도 인격을 갖춘 사람이라면 어느 누구보다도 존경할만하지 않을까 한다.

» 스마일즈

참으로 사람이라고 부르기에 부끄럽지 않은 사람은 자기의 일신을 돌보지 않고 남을 위해 일하는 사람이다. 우리는 흔히 사람답지 못하다라는 말을 하곤 한다. 그것은 상대방이 상식 이하의 어처구니없는 짓을 저질렀거나 욕망이 지나친 나머지 이기적인 행위로써 남을 해쳤을 경우이다. 그렇다면 사람답다는 것은 개인적인 욕망을 삼가 하거나 또는 남을 위해 헌신적인 경우이다. 곧 사람다운 사람이 많아져야 밝은 사회가 형성된다.

» 스코트

인간은 미끄러져 넘어지면서도 발을 뻗어 전진한다. 사람들은 때로 잘못 딛고 미끄러지면서도 발을 뻗어 나아간다. 혹 미끄러지다가 뒷걸음질을 칠 때도 있지만, 그것은 겨우 반걸음에 불과하고, 완전히 뒤로 물러서는 것은 아니다. 만일 미끄러져 버린다면, 의욕을 상실했거나 패배를 스스로 인정하는 결과가 된다.

» 스타인 벡

정직 우정 등과 같은 보편적인 도덕을 굳게 지키는 사람이야 말로 참으로 위대한 사람이다. 조그마한 친절도 이를 베풀기란 쉽지 않다고들 한다. 사실 정직 우정 등 극히 평범한 일을 항상 마음속에만 넣어두고 실천하지 못하는 사람이 적지 않다. 이런 사람이 하물며 큰 희생을 필요로 하는 도덕을 지키겠는가. 위의 말을 명심하고 스스로 부끄럽지 않는 사람이 되었으면 한다.

» 아나톨 프랑스

**인간은 태어나면서부터 사회적인 동물이다.** 그의 저서 '정치학'에 나오는 말이다. 우리는 이 세상을 혼자 살지 않는다. 많은 사람들과 함께 집단 즉 사회를 이루고 산다. 그런 사회로서 가장 작은 단위는 가정이고, 그 다음은 부락, 촌(村), 시(市), 학교, 직장 등이다. 우리는 이와 같은 사회의 일원으로서 살아가게 돼있다. 따라서 우리는 위의 말이 뜻하는 책무가 있다.

» 아리스토텔레스

**인간이여! 사랑하고, 믿고, 일하고, 싸우고, 희망을 가져라. 자신은 물론 타인에 대해서도 절망하지 말라.** 아미엘은 이 말 외에도 낙담은 결점이다. 유일한 평화는 양심의 평화로서, 그것을 얻는 것은 용기와 헌신임을 알라고 강조하고 있다. 가족이나 친구 이 밖에 다른 사람을 위해서 일을 하려면 용기는 물론 그들을 위해서도 절망을 해서는 안 된다. 우리가 살아가면서 다른 사람을 믿지 못한다는 것은 비극이 아닐 수 없다. 더구나 신용을 잃는다는 것은 그만큼 비참해진다.

» 아미엘

**영웅이 범부보다 용기가 더 있는 것이 아니라, 용기가 5분쯤 오래 지속될 뿐이다.** 이는 영웅이라고 해서 용기가 더 있는 것이 아니다. 평범한 사람보다 용기가 5분쯤 조금 더 지속될 뿐이라는 얘기다. 따지고 보면 별 차이가 없다는 것을 뜻한다.

» 에머슨

**다만 인간의 영혼만이 그 어떤 요새보다도 안전하다.** 제아무리 튼튼한 요새도 결코 깨뜨려지지 않는다는 보장은 없다. 그것보다 안전한 것이 인간의 영혼이라는 것이다. 이밖에 지위나 명예 재산 등 흔들리지 않는 것은 없다. 그런데도 많은 사람들은 이를 지키기 위해 불안해하고 또 괴로워한다.

» 에픽테토스

**배에 새겨 놓고 칼을 찾는다.** 여씨춘추는 진(秦)나라의 재상이었던 여불위(呂不韋)가 엮었다고 전해진다. 초(楚)나라의 어떤 사람이 강을 건너가다가 물속에 칼을 빠뜨리게 되자,

여기가 바로 내 칼을 빠뜨린 곳이라며 급히 뱃전에다 표시를
해놓고 배가 건너편 언덕에 닿자 그는 뱃전의 표시를 따라서
물속으로 뛰어 들었으나 칼을 찾을 수가 없었다. 그것은 칼
을 빠뜨린 장소에서 배가 많이 지나쳤기 때문이었다. 시세
에 어둡거나 지나치게 보수적인 사람을 가리켜 이때부터 '배
에 새겨 놓고 칼을 찾는다'고 비웃게 되었다고 한다.

» 여씨춘추

**사람은 땅에서 난다.** 그가 쓴 '택리지(擇里誌)'에서 사람과
자연 환경의 관계를 요약해서 한 말이다. '택리지'에는 사람
에게 가장 이상적인 땅의 조건으로 지리(地理), 생리(生利),
인심(人心), 산수(山水) 등이 좋아야 한다고 기록돼 있다.
그의 취지는 또한 합리적이라고 할 수 있다. 현대사회에서
도 인간의 생활환경 문제는 큰 관심을 모으고 있기 때문이
기도 하다. 특히 공해가 크게 문제시 되는 시대에는 우리의
건강뿐 아니라 생태환경에 대한 많은 관심이 많아질 수밖에
없지 않을까.

» 이중환

**인간은 자기가 원하고 있는 것을 차츰 확신하게 된다.** 희망
은 하고자 하는 것을 뚜렷이 함으로 해서 갖게 된다. 거기에
따른 믿음이 차츰 주어지고 확실해지면 확신하게 되는 것이

다. 신념도 다르지 않다.

» 케사르

**말수가 적고 친절한 것은 여성의 가장 좋은 장식이다.** 여자가 화장을 하고 제아무리 화려한 의상을 몸에 걸쳐 봤댔자 그것은 진짜 아름다움은 아니다. 그것은 결국 겉치레에 불과할 뿐, 그에 비해 정신의 아름다움이 더욱 바람직한 일이다. 여성의 가장 아름답고 좋은 장식은 기품 있는 자기희생적 슬기가 아니겠는가.

» 톨스토이

**인간은 자연 가운데서 가장 약한 한 그루 갈대에 불과하다. 그러나 인간은 생각하는 갈대다. 그러므로 인간은 잘 생각하도록 노력해야 한다.** 인간은 생각하는 갈대라는 말이 연유 됐다. 생각할 수 있다는 것 그 자체가 일반 동물과 다른 점인데도 그런 노력을 게을리 해서는 안 된다는 것을 강조한 말이다.

» 파스칼

**정직한 인간이란 신이 창조한 가장 고상한 작품이다.** 우리 주위에는 자기만이 정직하게 사는 것이 손해라고 생각하는 사람들이 더러 눈에 띈다. 그것은 크게 잘못된 생각이다. 만약 그런 세상이라면 어떻게 되겠는가? 아무리 힘들고 사악한 세상이더라도 정직한 사람이 결국 우대받게 되어 있다.

» 포프



» 프랭클린

어떤 사람이든 하나의 동경은 가지고 있다. 악랄한 고용주들과 맞서서 싸웠던 독일의 직조공장 직공들의 이야기를 다룬 그의 희곡 '방직기술자' 속에 나오는 말이다. 아무리 비참한 처지에 있는 사람이라도 그것을 이겨내려는 애틋함이 있다는 뜻이다.

» 하우프트만

정직하다고 스스로 말하는 사람은 결코 정직하지 못하다. 아무것도 모른다고 말하는 사람은 모두를 잘 알고 있으며, 무엇이나 다 안다고 말하는 사람은 허풍선이다. 그리고 아무 말도 하지 않는 사람은 현명한 사람이 아니면 이기주의

자다. 우리는 흔히 척하지 말라고 빗대어 말하는 경우가 있다. 가장 정직한 척하거나 아는 척하는 사람치고 충실한 사람은 없다.

» 헨리

사람의 마음은 평등하며, 본래 범부(凡夫)와 성인(聖人)이 따로 없다. 조선 명종 때 서산대사 휴정이 지은 '선가귀감(禪家龜鑑)'에 나오는 말이다. 이는 사람의 마음은 치우침이 없이 고르고 한결 같으며, 또 평범한 사람이나 지혜가 있고 덕망이 높은 사람이 따로 있을 수 없다는 뜻이다

» 휴정

사람은 완전하지 못하다. 그래도 사람은 존재해야 한다. 사람은 부족함이 없지 않다. 이는 결점이 많다는 뜻도 된다. 그래도 존재해야 한다는 것은 그만큼 사람은 존재가치가 있다는 것을 말한다.

» 타고르

나는 하루에 세 번 나 자신을 반성해 본다. 남을 위해 충(忠)을 다했는가. 친구와 사귀어 신(信)을 지켰는가. 배운 것을 남에게 전했는가. 공자의 이 말을 두고 삼성(三省)이라고도

한다. 이는 곧 남을 위해 정성을 다했는가. 친구와의 믿음
을 지켰는가. 배운 것을 남에게 전하였는가. 등 셋을 기본
으로 하고 있다.

» 공자

훌륭한 인간이 되기 위해서는 나이를 먹는 것이 필요하다.
나는 실수를 범하려 할 때마다 그것은 전에 범했던 실수란
것을 깨닫게 된다. 인간은 나이를 먹는 사이에 인생의 뭔가
를 깨닫게 된다. 나이에 따른 체험은 곧 잊어버린 것 같다가
도 어느 순간에 생생하게 기억된다. 그렇기 때문에 한 번
실수한 것은 또 다시 실수하려하지 않는다. 그래서 젊은이
보다는 경험이 많은 노인이 훨씬 더 슬기롭기 마련이다. 그
런데도 젊은이들은 노인들의 의견이나 조언을 흔히 낡은 생
각이라고 무시하곤 한다. 이는 옳지 못한 생각이다.

» 괴테

인생은 영원한 전쟁이다. 거기서는 끊임없이 과거와 미래
가 싸우고 있다. 그리고 이 전쟁에서는 낡은 법칙은 끊임없
이 분쇄되고 새로운 법칙이 그것을 대신하며, 그 법칙도 또
한 그러는 동안에 파괴되고 만다. 우리들은 수많은 새로운
규범이나 법, 질서 속에서 살아간다. 그러다가 세월이 흐르
거나 그 시효가 다하면 또 새로운 것이 나타나기 마련이다.

학문에 대한 논쟁 역시 마찬가지이다. 아마도 이를 가리켜
인생을 영원한 전쟁이라고 하는지도 모를 일이다.

» 로맹 롤랑

진실이란 무엇이냐 라든가, 인생은 본래 어떤 식으로 만들
어졌을까 하는 것들은 사람들 각자가 스스로 생각할 문제이
지 책에서 배울 수 있는 것은 아니다. 사람들은 살아가면서
밖에서 또는 책에서 그 때까지 알지 못했던 것을 깨닫게 된
다. 하지만 위에서 말하는 진실이나 인생이 어떻고 하는 것
들은 각자가 스스로 생각할 문제일 뿐, 책에서 배울 수 있는
것은 아니란 뜻이다.

» 헤세

일반적으로 인간과 인간과의 관계 가운데는 우리들이 알고
있는 것보다 훨씬 더 많은 신비가 숨겨져 있는 것은 아닐
까? 비록 매일 함께 생활하고 있는 상대라 할지라도 진실로
그 사람을 알고 있다고는 그 누구도 주장할 수가 없다. 우리
들은 아무리 가까운 사이라 할지라도 단편적인것 밖에는 알
지 못한다. 상대방 또한 그럴 수밖에 없다. 어쩌면 이와 같
은 인간관계는 우리가 알고 있는 것보다 훨씬 더 신비로움
이 숨겨져 있는 것은 아닐까?

» 슈바이처

나는 15세에 학문에 뜻을 둔 후 30세에 자립했고, 40세도 마음이 흔들리지 않았고, 50세에는 천명(天命)을 알고, 60세에는 들은 바에 따르고, 70세에는 후회가 없었다. 그 자신이 학문에 뜻을 둔 것은 15세, 그 후 30세에 드디어 혼자 설 수 있었고, 또 40세가 되어 마음이 흔들리지 않았다. 60세가 되자 사회의 여론에 귀를 기울여서 따르게 되고, 70세가 되어 그의 일생이 후회가 없어졌다는 것이다. 과연 인생이란 무엇인가? 공자와 같은 성인이 위와 같이 했다니 하물며 우리 같은 보통 사람들이야 어떻게 살아야 할지 모르는 것이 당연하리라.

» 공자


과거를 후회하지 않고, 미래에 대해서 걱정하지 말고, 오직 현재를 즐겨라. '과거를 생각하면 무엇인가 아쉬움이 따른다. 그것은 즐거울 것이 하나도 없고, 또한 미래를 생각한다는 것 역시 좀처럼 불안감을 감출 수 없다.' 그렇다면 어떻게 하겠는가? 과거의 일로, 또는 미래를 예견하거나 해서 오늘을 그르쳐서는 안 된다. 오직 오늘을 열심히 즐겁게 살아야한다.

» 골드스미스

**후세를 두려워하라.** 논어(論語)의 사한편(四罕篇)에 후생 (後生)은 두렵다는 말이 나온다. 앞의 뒤에 오는 세상이나 이 뒤에 난 사람이나 같은 맥락으로 보아도 될 듯하다. 이 말은 모두 인생의 선배로서의 충고로서 받아들였으면 한다.

» 논어

**극도의 불행을 겪은 사람만이 가장 최고의 행복을 느낄 수 있다.** 그의 저서 '몽테크리스토 백작'의 끝부분에 나오는 말 이다. 아버지의 원수를 갚은 주인공 단테스가 자기를 사모 하는 젊고 아름다운 여자 노예인 에데와 프랑스를 떠날 것 을 결심하고 옛 주인의 아들 멕시라안에게 남겨 놓은 편지 의 한 부분이다. 여기에서 '최고의 행복'이란 표현은 바로 사랑을 뜻하고 있다.

» 뒤마

**사람은 일에 열중할 때에는 행복하다. 일을 끝마친 뒤의 휴 식 또한 행복이다. 단지 게으른 사람만이 이 기쁨을 모른다.** 일에 열중해 있을 때 아니 일이 있다는 것만으로도 행복일 수 있다. 노임을 받기 위해 마지못해 일하는 사람도 막상 일자리를 잃게 되면 일을 찾게 된다. 근로는 분명 인간의 욕구중의 하나이다. 근로가 인간의 덕성과 깊은 관련을 맺 고 있다는 것을 아는 사람은 많지 않다. 휴식의 즐거움을 게으른 사람은 알 수가 없다.

» 디모피일

우리가 예측한 일이 일어나는 일은 별로 없고, 우리가 별로 생각지도 않은 사태가 흔히 벌어진다. 우리는 흔히 뜻밖의 일을 당하곤 한다. 좋은 일이라면 몰라도 그렇지 못한 경우가 더 많다. 그런데도 우리는 이를 소홀히 생각하거나 방심하게 된다. 그것이 자연 재해이든 인간관계이든 항상 대비해 두어야 한다.

» 디즈레일리

잘난 척하는 멋이 없다면 인생은 조금도 즐겁지 않을 것이다. '저 잘난 멋에 산다'는 말도 있지만 사실 그런 말이 있기 때문에 우리는 불우한 처지를 당했어도 절망에 빠지지 않고 살아가는 것이다. 그렇다고 너무 잘난 척하다보면 보는 사람이 도리어 딱하게 생각할 수도 있다.

» 라 로슈푸코

모든 인간관계에 있어서 한 쪽만이 행복을 붙잡기란 쉬운 일이지만, 양쪽 다 이를 확보하는 것은 어려운 일이다. 그의 저서 '행복론'에 나오는 말이다. 위에서 지적한 인간관계

뿐만이 아니라 어떤 무엇이든 한 쪽으로 치우친다는 것은
바람직한 것이 못된다. 아무튼 일방적인 기쁨에는 무엇인
가 쓸쓸한 맛을 남긴다. 훌륭한 인간관계란 어느 쪽도 불만
이 없어야 한다.

» 러셀


창을 열어라! 그리고 하늘의 자유로운 공기를 받아 들여라!
영웅적 사명의 영감 아래 모여라! 그가 말하는 영웅이란 나
폴레옹이나 알렉산더 대왕 같은 전쟁 지도자가 아니라 베토
벤이나 말레, 톨스토이 같은 인류문화에 공헌한 사람들을
가리킨다. 그는 또 '세상에는 단 한 가지의 영웅주의가 있
다. 그것은 있는 그대로 인생을 바라보고 그것을 사랑하는
일이다'라고 했다. 아마도 이것이 롤랑의 신영웅주의의 본
질이 아닌가 한다.

» 로맹 롤랑


날개여! 저것이 파리의 등불이다. 그가 25세 때인 1927년,
대서양 무착륙 비행을 위하여 같은 해 5월 20일, 스머츠 오
브 센트루이스 호를 타고 뉴욕을 떠났다. 그리하여 출발한
지 무려 33시간 만에 목적지인 파리 상공에 도착해 최초의
대서양 횡단 비행에 성공한 것이다. 그 때 자기도 모르게
나온 말이 이 말이었다. 이 짧은 말 가운데에 그의 애기(愛

機)에 대한 애정이 잘 표현되어 있다. 그가 이 어려운 비행에 성공할 수 있었던 것은 그의 강한 의지와 이런 애정이 있었기 때문이었다.

» 린드버그

운명은 우리들을 행복하게도 불행하게도 만들지 않는다. 다만 그 재료와 씨를 우리들에게 제공할 뿐이다. 사람의 생명은 인간의 힘으로 어찌할 수가 없다. 이것이 바로 우리가 흔히 말하는 운명이다. 그렇더라도 우리는 우리의 힘으로 할 수 있는 일은 열심히 해야 한다. 괴롭고 슬픈 일이 있어도 이를 이겨내려고 노력한다면 길은 열리기 마련이다.

» 몽테뉴

행복을 밖에서 구하는 것은 지혜를 다른 사람의 머릿속에서 구하는 것보다 더 헛된 일이다. 참다운 행복은 자기 마음속에 있다. 그의 동화극 '파랑새'에 나오는 말이다. 가난한 나무꾼의 아들 치르치르와 미치르가 마법사 노파의 병든 딸을 위해 '파랑새'를 찾아 이상한 나라를 돌아다니나 끝내 찾지를 못한다. 눈을 떠보니 베갯머리의 새장에 새가 있다. 새는 파랗게 보였다. 치르치르는, '우리가 찾던 새는 바로 이것이구나. 우리들은 파랑새를 찾기 위해서 멀리 찾아 헤맸는데 파랑새는 여기에 있었구나'하며 기뻐한다. 이렇듯 행복은 가까운 곳 즉 마음속에 있다.

» 마테를링크

운명은 인생의 50%에 대한 결정적 요소이기는 하지만, 나머지 50%(경우에 따라서는 그보다 적을지도 모른다)는 우리 자신이 지배할 수 있다. 이 세상에는 자기가 운명의 지배를 받고 있다는 생각을 가진 사람이 많다. 그래서 그런 사람들은 만사를 하늘에 맡겨야 한다고 생각하게 된다. 그러나 위의 말은 우리들에게 주어진 운명의 절반은 경우에 따라서는 자신이 지배할 수 있다는 것이다. 이는 곧 노력 여하에 따라서 달라진다는 뜻이기도 하다.

» 마키아벨리

행복을 얻는 유일한 길은 행복을 인생의 유일한 목적으로 하는 것이 아니라 행복 이외의 다른 목적을 인생의 목적으로 삼는데 있다. 자기 자신의 행복 이외의 그 어떤 목적, 예를 들면 사회에 대한 공헌, 또는 기술이나 학문의 연구 등과 같은 그러한 것에 목적을 삼는 것을 얻는 유일한 길이 된다는 뜻이다.

» 밀

고뇌를 거쳐 환희로…. 어려서부터 천재적인 재능을 인정받아 17~8세 무렵에 이미 음악의 도시 빈에서 명 피아니스트로서, 또는 대표 작곡가로서 눈부신 활약을 계속하였으나, 육체적으로나 정신적으로는 오히려 불행한 사람이었다. 이 말은 그의 일생을 그대로 요약한 것으로 자기 운명을 스스로 개척해 나가려는 사람들에게 둘도 없는 격려의 말이 될 듯하다.

» 베토벤

지상에 있어서의 생활 과정에서 행복과 불행의 분배는 윤리와 관계없이 행해지고 있는 것이 사실이다. 자기만 행복하면 남이야 어찌되었건 좋다고 생각하는 사람들이 의외로 많다. 이들은 참다운 행복이 무엇인지도 모르는 사람들이다. 우선 행복한 생활을 보내고 싶으면 다른 사람의 행복에 대해 생각할 일이다. 이것은 결코 쉽지 않은 일이지만 그렇게 어렵게 생각할 필요는 없다. 자기에게 주어진 일을 충실히 하면 된다. 그것이 다른 사람의 행복에, 직접적은 아니더라도 얼마만큼은 도움이 된다는 것을 잊어서는 안 된다.

» 빈델반트

세월을 헛되이 보내지 말라. 청춘은 두 번 다시 오지 않는다. 이것은 우리가 그냥 귀로 흘려서는 안 될 말이다. 청소

년들에게는 더욱 값진 말이다. '세월은 다시 돌아오지 않는
다. 오늘의 아침은 내일의 아침일 수가 없다. 따라서 우리
는 세월 즉 시간을 결코 무의미하게 보내거나 허송해서는
안 된다.

» 사기

아무 것도 바라지 않을 때가 최고의 행복이다. 극히 작은
것밖에 바라지 않을 때가 그 다음 가는 행복이다. 행복하기
위해서는 아무것도 바라지 말라는 얘기가 된다. 그렇다고
해서 자기 자신의 욕망을 전부 버리라는 것은 아닌 듯하다.
욕망 그 자체가 고통스러울 수 있다. 위의 말대로라면 어쨌
든 아무 것도 바라지 않을 때가 최고의 행복이라면 그것은
곧, 우리의 이상이 아니겠는가.

» 소크라테스

당신 앞을 가고 있는 사람들만이 눈에 띌 때에는 뒤를 돌아
보고 뒤에서 오는 사람이 몇인가를 헤어 보라. 이 말은 세네
카의 '서한' 속에 있는 한 구절이다. 우리는 앞서거니 뒤서
거니 하면서 인생을 살아간다. 다시 말한다면 앞서가는 사
람을 좇으려고만 하지 말고 뒤를 돌아보는 여유와 아량을
갖고 살아야 한다는 뜻이다.

» 세네카

삶이냐 죽음이냐 그것이 문제로다. 그의 작품 '햄릿'의 주인공 햄릿 왕자의 고뇌에 찬 독백이다. 그의 말은 이렇게 이어진다. '죽음은 잠에 불과하다. 그것뿐이다. 잠들면 그 순간 모든 것이 사라진다. 그러나 죽어서 잠드는 오직 그뿐이라면! 그 누가 이 세상의 비난을 참고 권력자의 횡포나 멸시를 말없이 참는단 말인가' 그는 결단을 내려 아버지의 원수를 갚는다.

» 셰익스피어

모든 사람에게는 태어나면서 지닌 한 가지 과실이 있다. 그것은 우리들이 행복을 위해 태어났다고 믿는 것이다. 누구나 인간이라면 살기를 바란다. 그러나 그것은 어디까지나 희망사항 일뿐, 태어날 때부터 보장되어 있는 것은 아니다. 행복은 어떻게 마음먹느냐에 따라 이루어질 수 있다는 것을 명심해 둘 필요가 있다.

» 쇼펜하우어

희망은 평생을 살아가는데 있어서 그 어느 시기에도 우리를 버리지 않는다. 그의 저서 '젊은이를 위하여'에 나오는 말이다. 어떠한 경우에도 끝까지 희망을 버리지 말라는 뜻이다. 청년의 생명은 앞날을 위한 희망이다. 이것은 곧 희망은 언제 어느 때고 우리를 버리지 않는다는 것을 강조하고 있다.

» 스티븐스

자기의 행복을 위해서는, 남의 행복을 위해서도 있는 힘을 다해 노력해야 할 것이다. 자기만 행복하면 다른 사람의 행복 따위는 생각할 필요가 없다고 생각하는 이기주의자는 참다운 행복을 모르는 사람이다. 자기가 행복해지려면 우선 남의 행복을 위해서라도 있는 힘을 다해야 한다. 그것은 어려운 일이 아니다. 자기에게 주어진 일을 열심히 하는 것만으로도 다른 사람의 행복이 될 수 있기 때문이다.

» 알랑


인생은 언제나 예의를 지킬 여유가 없을 정도로까지 짧지는 않다. 우선 남과 어깨를 나란히 하여 대인관계를 유지하려면 예의를 지키는 것이 중요하다. 예의야말로 인간관계를 원만하게 해주고 호감을 살 수 있는 근원이다. 조급한 나머지 덤벙 되거나 해서는 안 된다. 항상 여유가 있어야한다.

» 에머슨


큰 고통은 머지않아 사라지고 오랫동안 계속되는 고통은 그다지 크지 않다. 그의 대표 저서인 '자연에 대해서'는 단편적으로만 남아 있다. 위의 말은 그 중의 한 구절이다. 우리에게 가장 크고 무서운 고통은 오랫동안 계속될 수가 없다. 왜냐하면 그것은 곧 생명을 빼앗아 그 자체와 함께 소멸되거나 그 정도가 완화되거나 둘 중의 하나이다' 그렇다. 그 어떤 고통도 두려워할 필요는 없다.

» 에피쿠로스

가난을 한탄치 말라. 가난한 자도 때가 오면 부자가 될 수 있다. 그러나 마음이 나쁜 자에게는 변화란 없다. 그들은 영원히 가난할 것이다. '유파니샤드'는 바라문교의 철학사상을 담은 성전이다. 가난하다고 해서 너무 비탄할 것도 아니고, 비굴해질 필요는 더욱 없다. 가난을 이겨낸 사람은 수없이 많다. 다만, 가난에 시달린다고 해서 나쁜 마음을 갖거나 해서는 안 된다. 마음을 밝고 넓게 갖고, 노력한다면 남부럽지 않겠는가.

» 우파니샤드

운명에 우연이라는 것은 없다. 인간은 어떤 운명에 부딪치기 전에 이미 자신이 그것을 만들고 있는 것이다. 운명을 탓하는 것은 좋은 생각이 아니다. 우선 그 원인부터 파악하고 잘못된 것은 빨리 고쳐야 한다.

» 윌슨

포대기 시절을 면치 못하고 일찍 죽는 자가 태반인데도, 우리는 20세가 넘었으니, 이는 그 첫째 행복이다. '갑회문(甲

會文)’에 나오는 다섯 가지의 행복 중 그 첫 번째 말이다. 우리의 주위를 둘러보면, 자기가 행복하다고 생각하는 사람보다 불행하다고 생각하는 사람이 더 많다. 행복과 불행을 느끼는 기준 또한 사람마다 같을 수 없다. 똑같은 여건 속에서도 한 사람은 행복을 느끼고, 또 한 사람은 불행하다고 생각할 수도 있다. 요컨대 우리는 우선 이 세상을 살아간다는 것만으로도 행복하다고 생각하라는 뜻이다.

» 유정

우리들이 살아 있는 동안에는 죽음이 오지 않는다. 죽음이 왔을 때는 우리는 이미 살아 있지 않다. 평범한 진리의 말이다. 그런데도 우리는 이 세상에 살아 있는 동안 이를 깨닫는 것은 쉽지 않다.

» 에픽테토스

노여움에서 때때로 큰 재난이 생긴다. 함부로 화를 내서는 안 된다. 노여움은 때론 큰 재난을 일으킬 수 있다. 화가 나는 경우가 있더라도 적당한 선에서 그 화를 풀어야 한다.

» 이솝

선량하게 태어났다는 것은 그것만으로도 행복이며, 또 그
것은 남다른 행복이라고 말하지 않을 수 없다. 선량하게 태
어난 사람도 때로는 그릇된 일을 저지르기도 한다. 하지만
결코 범죄자나 파렴치한이 되는 일은 극히 드물다. 근본이
선량한 사람은 그만큼 행복하다는 뜻이다.

» 쥬베르


사람은 관 뚜껑을 덮고 나서야 알 수 있다. 사람은 죽은 후
에야 비로소 그가 생전에 이룬 업적이나 자취를 알게 된다
는 것으로, 그 사람이 살아 있는 동안에 어떠한 평가라도
내려서는 안 된다는 것을 말하고 있다.

» 진서


일반적으로 청년의 주장은 옳지 않다. 그렇다고 청년의 주
장을 무작정 억제해서는 안 된다. 청년은 일반적으로 경험
이 부족할 뿐 아니라 사상 자체가 미숙하므로 그들의 주장
이 반드시 옳다고 할 수는 없다. 때로는 그릇된 주장을 하는
경우가 있기 때문이다. 그렇다고 해서 그들의 주장을 무시
하거나 억제하려고 하는 것은 옳지 않다. 그들의 주장에는
우리들이 미처 몰랐던 의견이 나오는 경우도 있다. 그런 참
신하고 올바른 주장은 받아들이고, 그들의 주장이 혹 그릇
된 것이라면 무엇이 잘못됐는가를 말해주고 올바르게 이끌

어야 한다.

» 지멜

'인생이란 무엇인가?'하고 묻는다면 나는 지체 없이 '인생이란 행복하게 사는 것이다'라고 대답한다. 비판이나 실망은 금물이다. 인간은 누구나 행복할 자격이 있는 것이다. 행복이란 결코 어떤 환경이나 여건이 문제가 되지 않는다. 실제로 항상 미소를 띠고 있으면 눈앞에 제아무리 곤란한 문제가 가로놓여 있어도 유쾌하게 지낼 수 있다. 섣불리 판단하거나 실망하는 것은 금해야 한다. 우리는 누구나 행복할 자격이 있는 것이다.

» 차몬드

일을 하지 않으면 안 된다. 삶에 있어서 행복의 뜻도 모두 그 안에 포함돼 있다. 일이 있다는 것만으로 행복하다는 말이 있다. 따라서 우리가 일을 갖는다는 것은 그만큼 행복에 가까이 다가선다는 것을 의미한다.

» 체호프

인간은 고귀한 인생, 천한 인생을 보낼 수 있다. 이와 마찬가지로 죽음에도 고귀한 죽음, 천한 죽음이 있다. 인간이면 누구나 길거리에서 쓰러져 죽거나 사형대의 이슬로 사라지는 죽음은 바라지 않을 것이다. 고귀한 죽음이 되느냐, 천한 죽음이 되느냐는 인생을 어떻게 살아왔느냐에 따라 달라지는 것으로 살아 있는 동안에 고귀한 삶을 보낼 필요가 있다. 타락한 생활을 보낸 사람이 만년에 안락한 생활을 바랄 수는 없지 않는가.

» 카펜터

자기의 할 일을 찾아낸 사람은 행복하다. 그로 하여금 다른 행복을 찾게 하지 말라. 그에게는 일이 있고 인생의 목적이 있으니까. 우리는 누구나 행복하기를 원한다. 그러기 위해서는 각자의 개성이나 능력에 알맞은 직업을 갖고 유쾌하게 일하고 자기가 지닌 개성을 충분히 발휘할 수 있어야 한다.

» 칼라일

생명을 가진 모든 것은 반드시 한 번은 죽어야 한다. 살고 있는 한 불행으로부터 벗어날 수 없다는 것만큼 인간에게 있어 확실한 것은 없다. 우리가 살고 있는 한 불행으로부터 벗어날 수 없다는 뜻이다. 그렇다면 죽으면 끝난다는 얘기도 된다. 하지만 굳이 죽음과 불행을 연관해 생각할 필요가 있을까.

» 크리스티아

사람의 일생을 지배하는 것은 운(運)이지 지혜가 아니다. 운은 사람의 힘으로 어쩔 수 없는 일이라고 할 수도 있다. 그러나 우리의 힘이나 노력으로 얼마든지 타개할 수 있다. 우리가 흔히 스포츠처럼 승부를 내는 경기를 보다보면 운이 따라야 한다는 말을 듣는다. 하지만 이는 곧 실력이 월등하지 않은 결과이다. 어쩌면 키케로는 운명론자였을지도 모른다.

» 키케로


인생이라는 말에 내 마음속에 불러일으키는 예감을 제외한다면, 나는 인생에 대해 아는 것이라고는 아무 것도 없었다. 우리는 누구나 인생에 대해서는 처음부터 아는 것이 하나도 없다. 그렇기에 사람은 태어남으로써 비로소 인생에 대해 생각하게 되는 것이다.

» 토마스 만


인생의 목적은 고뇌도 아니고 향락도 아니다. 우리들에겐 각자 해야 할 의무가 주어져 있다. 정직하게 끝까지 할 수 있는 한, 그 의무를 다해야 할 것이다. 우리들은 각자 자기가 할 일이 있다. 그 주어진 일에 대해서 열심히 그리고 정직하게 의무를 하는 것이 우리 인생이다.

» 토크 빌

세상 경험을 많이 쌓은 사람들이 이야기를 들으면 인생에 있어서 정말로 견디기 어려운 것은 나쁜 날씨의 연속이 아니라 오히려 구름이 없는 날씨의 연속이다. 우리가 살다 보면 비가 오는 날도 있고 바람이 부는 날도 있으므로 화창한 날씨에는 상쾌한 기분을 느끼는 것이다. 이 자연의 이치와 같이 우리의 삶도 괴로워하기도 하고 즐거워하기도 한다. 가령 우리에게 행복만 계속된다면 행복이라는 그 자체가 무의미해지지 않겠는가.

» 힐티

인생은 순례자의 여행이다. 인간의 일생은 얼마나 고난이 많은가. 그러나 우리는 이 인생에서 신의 사자(使者), 사랑의 천사에 의해서 위로를 받는 것이다. 그리고 신은 신생의 평범한 사물을 통해서 보다 높은 것을 가르치고 있다는 것을 우리들은 잊어서는 안 된다. 항해하는 배가 풍파를 만나지 않으리라는 보장은 없다. 우리 인생도 다르지 않다. 풍파 없는 항해! 얼마나 단조로운 것인가? 고난에 부딪칠수록 강해지라고 신은 사물을 통해 우리를 가르치고 있다. 고흐는 우리의 인생을 순례자에 비유하고 있는 것이다.

» 고흐

꺾어진 삶이란, 아직 지극히 젊은 사람의 삶일지라도 깨뜨려 부서진 레코드임과 동시에 또한 완전한 삶이기도 한 것이다. 한 개인의 생애에 있어서 꺾어진 삶이 그만큼 치명적일 수도 있겠지만 반면 그것을 딛고 일어선다면 그런 일이 일어나기 전보다 몇 배 강해지고 완전해질 것이다. 그러므로 우리는 낙심해서는 안 된다. 이를 계기로 분발하면 더 좋은 일이 될 수 있다.

» 사르트르

육체는 우리들의 존재가 야영하고 있는 가건물이다. 여기서 우리들의 존재가 야영하고 있는 가건물이 곧 육체란 뜻이다. 이러고 보면 육체는 우리들의 존재가 잠시 머물 수 있는 가건물에 지나지 않는다는 얘기도 된다.

» 쥬벨

행복의 가장 큰 장해는 너무 지나친 행복을 기대하는 것이다. 우리 인간의 행복에 대한 기대는 지나칠 정도로 끝이 없다. 이렇듯 지나친 기대가 바로 행복을 저해하는 커다란 장해가 된다. 따라서 우리는 행복을 기대하되 지나치지 않도록 명심해야 한다.

» 퐁트넬

우정은 가장 고상한 정열이고, 버리게 되더라도 마지막에 가서야 버리는 정열이다. 우리가 자기 자신을 높이려고 노력할 때는 우정의 필요성도 높아진다. '만종' '이삭줍기' 등으로 유명한 화가 밀레가 아직 시골에 살면서 처자식과 함께 굶주림과 추위에 떨면서 절망에 빠져 있던 어느 해 겨울, '에밀'로 유명한 루소가 찾아가서 '자네 그림이 팔렸다'고 하면서 3백 프랑을 건네주고 희망을 심어 주었다.

그 후 몇 년이 지나서 밀레가 루소의 집을 방문했을 때, 그때 팔렸다고 한 그림이 루소의 방에 걸려 있었다고 한다. 우정이 고독과 절망에 찬 한 사람의 예술가를 구원한 좋은 본보기이다.